Henry Sweet, Abbot of Eynsham Aelfric

Selected Homilies

Edited by Henry Sweet

Henry Sweet, Abbot of Eynsham Aelfric

Selected Homilies
Edited by Henry Sweet

ISBN/EAN: 9783337276706

Printed in Europe, USA, Canada, Australia, Japan

Cover: Foto ©Andreas Hilbeck / pixelio.de

More available books at **www.hansebooks.com**

Clarendon Press Series

SELECTED HOMILIES

OF

ÆLFRIC

EDITED BY

HENRY SWEET, M.A.

Formerly President of the Philological Society
Editor of 'Alfred's Version of the Cura Pastoralis'
Author of 'An Anglo-Saxon Reader'
'A History of English Sounds,' and 'A Handbook of Phonetics '

Oxford

AT THE CLARENDON PRESS·

1885

CONTENTS.

PREFACE.

THIS book is the first of a series of *Reading Primers*, intended to give extracts from the more important works of Old English literature in a convenient and easily accessible form, and in a moderate compass. The want of such a series has often been felt by students who have worked through my Anglo-Saxon Primer and Reader, and are at a loss for further reading.

The texts are printed exactly as in the MSS., except that þ and ð are levelled under þ, and that erroneous or anomalous spellings are occasionally relegated to the foot of the page. Letters not in the MS. are inclosed in [ ]. The glossaries contain only such words and meanings as are not explained in the glossary to my Reader.

The present selection of homilies is taken from the Cambridge MS. printed by Thorpe. Thorpe's erroneous accentuation has been corrected by the MS., and a long passage omitted by him (on p. 25 of the present text) has been supplied.

HENRY SWEET.

LONDON, *September*, 1885.

SELECTED HOMILIES OF ÆLFRIC.

I.

ÆLFRIC'S LATIN PREFACE.

Ego Ælfricus, alumnus Adelwoldi, benevoli et venerabilis praesulis, salutem exopto domno archiepiscopo Sigerico in Domino.   Licet temere vel presumptuose, tamen transtulimus hunc codicem ex libris Latinorum, scilicet Sanctae Scripturae, in nostram consuetam sermocinationem, ob aedi- 5 ficationem simplicium, qui hanc norunt tantummodo locutionem, sive legendo sive audiendo; ideoque nec obscura posuimus verba, sed simplicem Anglicam, quo facilius possit ad cor pervenire legentium vel audientium, ad utilitatem animarum suarum, quia alia lingua nesciunt erudiri, quam in 10 qua nati sunt.   Nec ubique transtulimus verbum ex verbo, sed sensum ex sensu, cavendo tamen diligentissime deceptivos errores, ne inveniremur aliqua haeresi seducti seu fallacia fuscati.   Hos namque auctores in hac explanatione sumus secuti, videlicet Augustinum Hipponensem, Hieroni- 15 mum, Bedam, Gregorium, Smaragdum, et aliquando Haymonem; horum denique auctoritas ab omnibus catholicis libentissime suscipitur.   Nec solum Evangeliorum tractatus in isto libello exposuimus, verum etiam Sanctorum passiones vel vitas, ad utilitatem idiotarum istius gentis.   Quadraginta 20 sententias in isto libro posuimus, credentes hoc sufficere posse per annum fidelibus, si integre eis a ministris Dei

recitentur in ecclesia. Alterum vero librum modo dictando habémus in manibus, qui illos tractatus vel passiones con-
25 tinet quos iste omisit ; nec tamen omnia Evangelia tangimus per circulum anni, sed illa tantummodo quibus speramus sufficere posse simplicibus ad animarum emendationem, quia seculares omnia nequeunt capere, quamvis ex ore doctorum audiant. Duos libros in ista translatione facimus, persua-
30 dentes ut legatur unus per annum in ecclesia Dei, et alter anno sequenti, ut non fiat taedium auscultantibus ; tamen damus licentiam, si alicui melius placet, ad unum librum ambos ordinare. Ergo si alicui displicit, primum in inter-
pretatione, quod non semper verbum ex verbo, aut quod
35 breviorem explicationem quam tractatus auctorem habent, sive quod non per ordinem ecclesiastici ritus omnia Evan-
gelia tractando percurrimus ; condat sibi altiore interpre-
tatione librum, quomodo intellectui ejus placet : tantum obsecro, ne pervertat nostram interpretationem, quam spera-
40 mus ex Dei gratia, non causa jactantiae, nos studiose secuti valuimus interpretari. Precor modo obnixe almitatem tuam, mitissime Pater SIGERICE, ut digneris corrigere per tuam industriam, si aliquos naevos malignae haeresis, aut nebulosae fallaciae in nostra interpretatione repperies : et adscribatur
45 dehinc hic codicillus tuae auctoritati, non utilitati nostrae despi-
cabilis personae. Vale in Deo Omnipotenti jugiter. Amen.

II.

ÆLFRIC'S ENGLISH PREFACE.

Ic Ælfric, munuc and mæssepreost, swaþeah waccre þonne swilcum hadum gebyrige, wearþ asend on Æþelredes dæge cyninges fram Ælfeage biscope, Aþelwoldes æftergengan, to sumum mynstre þe is Cernel gehaten, þurh Æþelmæres bene
5 þæs þegenes, his gebyrd and góodnys sind gehwær cuþe.

Þa beárn me on mode, ic truwige þurh Godes gife, þæt ic
þas boc of Ledenum gereorde to Engliscre spræce awende;
na þurh gebylde micelre lare, ac for þan þe ic geseah and
gehyrde mycel gedwyld on manegum Engliscum bocum, þe
ungelærede menn þurh heora bilewitnysse to micclum wis- 10
dome tealdon; and me ofhreow þæt hi ne cuþon ne næfdon
þa godspellican lare on heora gewritum, buton þam mannum
anum þe þæt Leden cuþon, and buton þam bocum þe
Ælfred cyning snoterlice awende of Ledene on Englisc, þa
synd to hæbbenne.   For þisum antimbre ic gedyrstlæhte, on 15
Gode truwiende, þæt ic þas gesetnysse undergann, and eac
for þam þe menn behofiaþ godre lare swiþost on þisum
timan þe is geendung þyssere worulde, and beoþ fela fre-
cednyssa on mancynne ær þan þe se ende becume, swa swa
ure Drihten on his godspelle cwæþ to his leorningcnihtum, 20
'Þonne beoþ swilce gedreccednyssa swilce næron næfre ær
fram frymþe middangeardes.   Manega lease Cristas cumaþ
on minum naman, cweþende, 'ic eom Crist,' and wyrcaþ
fela tacna and wundra, to bepæcenne mancynn, and eac
swylce þa gecorenan men, gif hit gewurþan mæg: and 25
butan se ælmihtiga God þa dagas gescyrte, eall mennisc
forwurde; ac for his gecorenum he gescyrte þa dagas.'
Gehwá mæg þe eaþelicor þa toweardan costnunge acuman,
þurh Godes fultum, gif hé biþ þurh bóclice lare getrymmed;
for þan þe þa beoþ gehealdene þe oþ ende on geleafan 30
þurhwuniaþ.   Fela gedreccednyssa and earfoþnyssa becumaþ
on þissere worulde ǽr hire geendunge, and þa sind þa bydelas
þæs ecan forwyrdes on yfelum mannum, þe for heora mán-
dædum siþþan ecelice þrowiaþ on þære sweartan helle.
Þonne cymþ se Antecrist, se biþ mennisc mann and soþ 35
deofol, swa swa ure Hælend is soþlice mann and God on
anum hade.   And se gesewenlica deofol þonne wyrcþ unge-
rima wundru, and cwyþ þæt he sylf God beo, and wile

neadian mancynn to his gedwylde; ac his tima ne biþ na
40 langsúm; for þan þe Godes grama hine fordeþ, and þeos
weoruld biþ siþþan geendod.   Crist ure Drihten gehælde
untrume and adlige, and þes deofol þe is gehaten Antecrist,
þæt is gereht 'þwyrlic Crist,' alevaþ and geuntrumaþ þa
halan, and nænne ne gehælþ fram untrumnyssum, buton þam
45 anum þe he sylf ær awyrde.   He and his gingran awyrdaþ
manna lichaman digellice þurh deofles cræft, and gehælaþ
hí openlice on manna gesihþe; ac hé ne mæg nænne gehælan
þe God sylf ær geuntrumode.   He neadaþ þurh yfelnysse
þæt men sceolon bugan fram heora Scyppendes geleafan to
50 his leasungum, se þe is ord ælcere leasunge and yfelnysse.
Se ælmihtiga God geþafaþ þam arleasan Antecriste to
wyrcenne tácna, and wundra, and ehtnysse, to feorþan heal-
fan geare; for þan þe on þam timan biþ swa micel yfelnyss
and þwyrnys betwux mancynne þæt hi wel wyrþe beoþ þære
55 deoflican ehtnysse, to ecum forwyrde þam þe him onbugaþ,
and to ecere myrhþe þam þe him þurh geleafan wiþcweþaþ.
God geþafaþ eac þæt his gecorenan þegenas beon aclænsade
fram eallum synnum þurh þa ormætan ehtnyssa, swa swa
gold biþ on fyre afandod.   Þa ofslihþ se deofol þe him
60 wiþstandaþ, and hí þonne faraþ mid halgum martyrdome to
heofenan rice.   Þa þe his leasungum gelyfaþ, þam hé araþ,
and hí habbaþ syþþan þa ecan susle to edleane heora ge-
dwyldes.   Se arleasa deþ þæt fyr cymþ ufan swilce of heofo-
num on manna gesihþe, swilce hé God ælmihtig sy, þe ah
65 geweald heofenes[1] and eorþan.   Ac þa cristenan sceolon
beon þonne gemyndige hu se deofol dyde þa þa hé bæd æt
Gode þæt he moste fandian Iobes.   He gemacode þa þæt
fyr cóm ufan swilce of heofenum, and forbærnde ealle his
scep út on felda, and þa hyrdas samod, buton anum þe hit
70 him cyþan sceolde.   Ne sende se deofol þa fyr of heofenum,

---

[1] heofenas.

þeah þe hit ufan come; for þan þe he sylf næs on heofonum, syþþan he for his modignysse of aworpen wæs. Ne ̦eac se wælhreowa Antecrist næfþ þa mihte þæt he heofenlic fyr asendan mæge, þeah þe hé þurh deofles cræft hit swa gehiwige. Biþ nu wíslicor þæt gehwa þis wite and cunne his 75 geleafan, weald hwa þa micclan yrmþe gebidan sceole. Ure Drihten bebead his discipulum þæt hí sceoldon læran and tæcan eallum þeodum þa þing þe he sylf him tæhte; ac þæra is nu to lyt þe wile wel tæcan and wel bysnian. Se ylca Drihten clypode þurh his witegan Ezechiel, 'Gif þu ne 80 gestentst þone unrihtwisan, and hine ne manast, þæt hé fram his arleasnysse gecyrre and lybbe, þonne swelt se arleasa on his unrihtwisnysse, and ic wylle ofgan æt þe his blod,' þæt is his lyre. 'Gif þu þonne þone arleasan gewarnast, and hé nele fram his arleasnysse gecyrran, þu alysdest 85 þine sawle[1] mid þære mynegunge, and se arleasa swylt on his unrihtwisnysse.' Eft cwæþ se Ælmihtiga to þam witegan Isaiam, 'Clypa and ne geswic þu, ahefe þine stemne swa swa byme, and cyþ minum folce heora leahtras, and Iacobes hirede heora synna.' For swylcum bebodum wearþ me 90 geþuht þæt ic nære unscyldig wiþ God, gif ic nolde oþrum mannum cyþan, oþþe þurh tungan oþþe þurh gewritu, þa godspellican soþfæstnysse þe he sylf gecwæþ, and eft halgum lareowum onwreah. For wel fela ic wat on þisum earde gelæredran þonne ic sy, ac God geswutelaþ his wundra þurh 95 þone þe he wile. Swa swa ælmihtig wyrhta, he wyrcþ his weorc þurh his gecorenan, na swylce he behofige ures fultumes, ac þæt we geearnion þæt ece lif þurh his weorces fremminge. Paulus se apostol cwæþ, 'we sind Godes gefylstan,' and swa þeah ne do we nan þing to gode, buton 100 Godes fultume. Nu bydde ic and halsige on Godes naman, gif hwa þas boc awritan wylle, þæt hé hí geornlice gerihte

[1] sawla.

be þære bysene, þy læs þe we þurh gymelease writeras
geleahtrode beon.   Mycel yfel deþ se þe leas writ, buton he
105 hit gerihte, swylce he gebringe þa soþan lare to leasum
gedwylde: for þi sceal gehwa gerihtlæcan þæt þæt he ær to
woge gebigde, gif hé on Godes dome unscyldig beon wile.
Quid necesse est in hoc codice capitula ordinare, cum pre-
diximus quod XL sententias in se contineat; excepto quod
110 Æþelwerdus dux vellet habere XL quattuor in suo libro.

III.

THE CREATION.

AN ANGIN is ealra þinga, þæt is God ælmihtig.   He is
ordfruma and ende: he is ordfruma, for þi þe he wæs æfre;
he is ende butan ælcere geendunge, for þan þe he biþ æfre
ungeendod.   He is ealra cyninga cyning, and ealra hlaforda
5 hlaford.   He hylt mid his mihte heofonas and eorþan, and
ealle gesceafta butan geswince, and he besceawaþ þa niwel-
nyssa þe under þyssere eorþan sind.   He awecþ ealle duna
mid anre handa, and ne mæg nan þing his willan wiþstan-
dan.   Ne mæg nan gesceaft fulfremedlice smeagan ne un-
10 derstandan ymbe God.   Maran cyþþe habbaþ englas to
Gode þonne men, and þeahhweþere hí ne magon fulfre-
medlice understandan ymbe God.   Hé gesceop gesceafta
þa þa he wolde; þurh his wisdom he geworhte ealle þing,
and þurh his willan he hi ealle geliffæste.   Þeos þrynnys is
15 án God: þæt is, se Fæder, and his wisdom of him sylfum
æfre acenned; and heora begra willa, þæt is, se Halga
Gast; he nis na acenned, ac he gæþ of þam Fæder and of
þam Suna gelice.   Þas þry hadas sindon an ælmihtig God,
se geworhte heofenas and eorþan, and ealle gesceafta.   He
20 gesceop tyn engla werod, þæt sind englas and heahenglas,

throni, dominationes, principatus, potestates, virtutes, cheru-
bim, seraphim. Her sindon nigon engla werod: hi nabbaþ
nænne lichaman, ac hi sindon ealle gastas swiþe strange,
and mihtige, and wlitige, on micelre fægernysse gesceapene,
to lofe and to wurþmynte heora Scyppende. Þæt teoþe 25
werod abreaþ, and awende on yfel. God hi gesceop ealle
góde, and let hi habban agenne cyre, swa hi heora Scyppend
lufedon and filigdon, swa hi hine forleton. Þa wæs þæs
teoþan werodes ealdor swiþe fæger and wlitig gesceapen,
swa þæt he wæs gehaten 'Leohtberend.' Þa begann he to 30
modigenne for þære fægernysse þe he hæfde, and cwæþ on
his heortan þæt he wolde and eaþe mihte beon his Scyp-
pende gelic, and sittan on þam norþdæle heofenan rices, and
habban andweald and rice ongean God ælmiht[ig]ne. Þa
gefæstnode he þisne ræd wiþ þæt werod þe he bewiste, and 35
hi ealle to þam ræde gebugon. Þa þa hi ealle hæfdon þysne
ræd betwux him gefæstnod, þa becom Godes grama ofer hi
ealle, and hi ealle wurdon awende of þam fægeran hiwe þe
hi on gesceapene wæron to laþlicum deoflum. And swiþe
rihtlice him swa getimode, þa þa he wolde mid modignysse 40
beon betera þonne he gesceapen wæs, and cwæþ þæt he
mihte beon þam ælmihtigan Gode gelic. Þa wearþ he and
ealle his geferan forcuþran and wyrsan þonne ænig oþer
gesceaft; and þa hwile þe he smeade hu he mihte dælan
rice wiþ God, þa hwile gearcode se ælmihtiga Scyppend him 45
and his geferum helle wite, and hi ealle adræfde of heofenan
rices myrhþe, and let befeallan on þæt ece fyr, þe him
gegearcod wæs for heora ofermettum. Þa sona þa nigon
werod, þe þær to lafe wæron, bugon to heora Scyppende
mid ealre eaþmodnesse, and betæhton heora ræd to his 50
willan. Þa getrymde se ælmihtiga God þa nigon engla
werod, and gestaþelfæste, swa þæt hi næfre ne mihton ne
noldon syþþan fram his willan gebugan; ne hi ne magon

nu, ne hi nellaþ, nane synne gewyrcan, ac hi æfre beoþ ymbe
55 þæt an, hu hi magon Gode gehyrsumian, and him gecweman.
Swa mihton eac þa oþre þe þær feollon don, gif hi woldon;
for þi þe God hi geworhte to wlitegum engla gecynde, and
lét hi habban agenne cyre, and hi næfre ne gebigde ne ne
nydde mid nanum þingum to þam yfelan ræde; ne næfre se
60 yfela ræd ne com of Godes geþance, ac com of þæs deofles,
swa swa we ær cwædon.

Nu þencþ menig man and smeaþ hwanon deofol come;
þonne wite he þæt God gesceop to mærum engle þone þe
nu is deofol: ac God ne gesceop hine na to deofle; ac þa
65 þa he wæs mid ealle fordon and forscyldgod þurh þa mic-
clan upahefednysse and wiþerweardnysse, þa wearþ he to
deofle awend, se þe ær wæs mære engel geworht. · Þa wolde
God gefyllan and geinnian þone lyre þe forloren wæs of
þam heofenlicum werode, and cwæþ þæt hé wolde wyrcan
70 mannan of eorþan, þæt se eorþlica man sceolde geþeon,
and geearnian mid eadmodnysse þa wununga on heofenan
rice þe se deofol forwyrhte mid modignysse. ·And God þa
geworhte ænne mannan of láme, and him on ableow gast,
and hine geliffæste, and he wearþ þa mann gesceapen on
75 sawle and on lichaman; and God him sette naman Adam,
and hé wæs þa sume hwile ánstandende. God þa hine
gebrohte on neorxnawange, and hine þær gelogode, and
him to cwæþ, 'Ealra þæra þinga þe on neorxnawange sin-
don þu most brucan, and hi ealle beoþ þe betæhte, buton
80 anum treowe þe stent on middan neorxnawange: ne hrepa
þu þæs treowes wæstm, for þan þe þu bist deadlic, gif þu
þæs treowes wæstm geetst.' Hwí wolde God swa lytles
þinges him forwyrnan, þe him swa miccle oþre þing betæhte?
Gyse, hu mihte Adam tocnawan hwæt hé wære, buton hé
85 wære gehyrsum on sumum þinge[1] his Hlaforde? Swylce

---

[1] þince.

God cwǽde to him, 'Nast þu na þæt ic eom þin hlaford
and þæt þu eart min þeowa, buton þu dó þæt ic þe háte,
and forgáng þæt ic þe forbeode. Hwæt mæg hit þonne
beon þæt þu forgán sceole : ic þe secge, forgang þu anes
treowes wæstm, and mid þære eaþelican gehyrsumnysse þu 90
geearnast heofenan rices myrhþe and þone stede þe se
deofol of afeoll þurh ungehyrsumnesse. Gif þu þonne þis
lytle bebód tobrecst, þu scealt deaþe sweltan.' And þa wæs
Adam swa wís þæt God gelædde to him nytenu, and deor-
cynn, and fugelcynn, þa þa he hí gesceapene hæfde ; and 95
Adam him eallum naman gesceop ; and swa swa hé hí þa
genamode swa hí sindon gyt gehatene. Þa cwæþ God,
' Nis na gedafenlic þæt þes man ana beo, and næbbe nænne
fultum ; ac uton gewyrcan him gemacan, him to fultume and
to frofre.' And God þa geswefode þone Adam, and þa þa 100
he slep, þa genam he an rib of his sidan, and geworhte of
þam ribbe ænne wifman, and axode Adam hu heo hatan
sceolde. Þa cwæþ Adam, 'Heo is ban of minum banum,
and flæsc of minum flæsce ; beo hire nama Virago, þæt is
fæmne ; for þan þe heo is of hire were genumen.' Þa sette 105
Adam eft hire oþerne naman, Aeva, þæt is 'lif' ; forþan þe
heo is ealra lybbendra modor.

Ealle gesceafta, heofonas and englas, sunnan and monan,
steorran and eorþan, ealle nytenu and fugelas, sǽ and ealle
fixas, and ealle gesceafta God gesceop and geworhte on six 110
dagum ; and on þam seofoþan dæge hé geendode his weorc,
and geswac þa, and gehalgode þone seofoþan dæg, for þan þe
hé on þam dæge his weorc geendode. And he beheold þa
ealle his weorc þe he geworhte, and hí wæron ealle swiþe
gode. Ealle þing he geworhte buton ælcum antimbre. 115
He cwæþ, 'Geweorþe leoht,' and þærrihte wæs leoht ge-
worden. He cwæþ eft, 'Geweorþe heofen,' and þærrihte
wæs heofen geworht, swa swa he mid his wisdome and mid

his willan hit gedihte.   He cwæþ eft, and het þa eorþan þæt
120 heo scéolde forþlædan cuce nytenu; and hé þa gesceop of
þære eorþan eall nytencynn, and deorcynn, ealle þa þe on
feower fotum gaþ; ealswa eft of wætere he gesceop fixas and
fugelas, and sealde þam fixum sund, and þam fugelum fliht;
ac he ne sealde nanum nytene ne nanum fisce nane sawle;
125 ac heora blod is heora lif, and swa hraþe swa hi beoþ deade,
swa beoþ hí mid ealle geendode.   Þa þa he worhte þone
mann Adam, he ne cwæþ ná, 'Geweorþe man geworht,' ac hé
cwæþ, 'Uton gewyrcan mannan to ure anlicnysse,' and hé
worhte þa þone man mid his handum, and him on ableow
130 sawle; for þi is se man betera, gif hé góde geþihþ, þonne ealle
þa nytenu sindon; for þan þe hí ealle gewurþaþ to nahte, and
se man is ece on anum dæle, þæt is on þære sawle: heo ne
geendaþ næfre.   Se lichama is deadlic þurh Adames gylt, ac
þeahhwæþere God arærþ eft þone lichaman to ecum þingum
135 on domes dæg.   Nu cwædon gedwolmen þæt deofol gesceope
sume gesceafta, ac hí leogaþ; ne mæg hé nane gesceafta ge-
scyppan, forþan þe he nis na Scyppend, ac is atelic sceocca,
and mid leasunge he wile beswican and fordón þone unwaran;
ac he ne mæg nænne man to nanum leahtre geneadian,
140 buton se mon his agenes willes to his lare gebuge.   Swa
hwæt swa is on gesceaftum wiþerweardlic geþuht and man-
num derige, þæt is eall for urum synnum and yfelum geear-
nungum.

Þa ongeat se deofol þæt Adam and Eve wæron to þy ge-
145 sceapene þæt hi sceoldon mid eadmodnysse and mid gehyr-
sumnysse geearnian þa wununge on heofenan rice þe hé of
feoll for his upahefednysse, þa nam hé micelne graman and
andan to þam mannum, and smeade hú hé hí fordon mihte.
He com þa on næddran hiwe to þam twam mannum, ærest to
150 þam wife, and hire to cwæþ, 'Hwí forbead God eow þæs
treowes wæstm, þe stent on middan neorxnawange?'   Þa

cwæþ þæt wíf, 'God us forbead þæs treowes wæstm, and
cwæþ þæt we sceoldon deaþe sweltan, gif we his onbyrigdon.'
Þa cwæþ se deofol, 'Nis hit na swa þu segst, ac God wát
genoh geare, gif ge of þam treowe geetaþ, þonne beoþ eowere 155
eagan geopenode, and ge magon geseon and tocnáwan ægþer
ge gód ge yfel, and ge beoþ englum gelice.' Næron hí blinde
gesceapene, ac God hí gesceop swa bilewite þæt hí ne cuþon
nan þing yfeles, naþor ne on gesihþe, ne on spræce, ne on
weorce. Wearþ þeah þæt wíf þa forspanen þurh þæs deofles 160
láre, and genam of þæs treowes wæstme, and geæt, and sealde
hire were, and hé geæt. Þa wæron hí butu deadlice, and cu-
þon ægþer ge gód ge yfel; and hí wæron þa nacode, and him
þæs sceamode. Þa com God, and axode hwi he his bebod
tobræce? and adræfde hí butu of neorxnawange, and cwæþ, 165
'For þan þe þu wære gehyrsum þines wifes wordum, and min
bebod forsawe, þu scealt mid earfoþnyssum þe metes tilian,
and seo eorþe þe is awyriged on þinum weorce: sylþ þe þornas
and bremblas. Þu eart af eorþan genumen, and þu awenst
to eorþan. Þu eart dust, and þu awentst to duste.' God 170
him worhte þa reaf of fellum, and hí wæron mid þam fellum
gescrydde.

Þa deadan fell getacnodon þæt hí wæron þa deadlice þe
mihton beon undeadlice, gif hi heoldon þæt eaþelice Godes
bebod. Ne þorfte Adam ne eal mancynn þe him siþþan of 175
acom næfre deaþes onbyrian, gif þæt treow moste standan
ungehrepod, and his nan man ne onbyrigde; ac sceolde Adam
and his ofspring tyman on asettum tyman, swa swa nu doþ
clæne nytenu, and siþþan ealle buton deaþe faran to þan ecan
life. Næs him gesceapen fram Gode, ne hé næs genedd þæt 180
hé sceolde Godes bebod tobrecan; ac God hine lét frigne,
and sealde him agenne cyre, swa hé wære gehyrsum, swa hé
wære ungehyrsum. Hé wearþ þa deofle gehyrsum, and Gode
ungehyrsum, and wearþ betæht, hé and eal mancynn, æfter

185 þisum lífe, into helle wíte, mid þam deofle þe hine forlærde.
Þa wiste God hwæþere þæt hé wæs forlæred, and smeade hu
he mihte his and ealles mancynnes eft gemiltsian.

On twam þingum hæfde God þæs mannes sawle gegódod;
þæt is mid undeadlicnysse, and mid gesælþe. Þa þurh deofles
190 swicdóm and Adames gylt we forluron þa gesælþe ure sawle,
ac we ne forluron ná þa undeadlicnyssæ; heo is éce, and
næfre ne geendaþ, þeah se lichama geendige, þe sceal eft
þurh Godes mihte arisan to ecere wununge. Adam þa wæs
wunigende on þisum life mid geswince, and hé and his wíf
195 þa bearn gestryndon, ægþer ge suna ge dohtra; and hé
leofode nigon hund geara and þrittig geara, and siþþan
swealt, swa swa him ær behaten wæs, for þan gylte; and his
sawul gewende to helle.

Nu smeagiaþ sume men, hwanon him come sawul? hwæþer
200 þe of þam fæder, þe of þære meder? We cweþaþ, of heora
naþrum; ac se ylca God þe gesceop Adam mid his handum,
he gescypþ ælces mannes lichaman on his modor innoþe;
and se ylca se þe abléow on Adámes lichaman, and him for-
geaf sawle, se ylca forgyfþ cildum sawle and líf on heora
205 moder innoþe, þonne hí gesceapene beoþ; and he lætt hí
habban agenne cyre, þonne hí geweaxene beoþ, swa swa
Adám hæfde.

Þa wearþ þa hrædlice micel mennisc geweaxen, and wæron
swiþe manega on yfel awende, and gegremodon God mid
210 mislicum leahtrum, and swiþost mid forligere. Þa wearþ
God to þan swiþe gegremod þurh manna mándæda þæt he
cwæþ þæt him ofþuhte þæt hé æfre mancynn gesceop. Þa
wæs hwæþere án man rihtwis ætforan Gode, se wæs Nóe
geháten. Þa cwæþ God to him, 'Ic wylle fordón eal man-
215 cynn mid wætere, for heora synnum, ac ic wylle gehealdan þe
ænne, and þin wíf, and þine þry suna, Sem, and Cham, and
Iafeth, and heora þreo wíf; for þan þe þu eart rihtwis, and

me gecweme. Wyrc þe nú ænne arc, þreo hund fæþma láng,
and fiftig fæþma wíd, and þritig fæþma heah : gehref hit eall,
and geclǽm ealle þa seamas mid tyrwan, and gá inn syþþan 220
mid þinum híwum. Ic gegaderige in to þe of deorcynne, and
of fugelcynne symble gemacan, þæt hí eft to fostre beon.
Ic wille sendan flod ofer ealne middangeard.'

He dyde þa swa him God bebead ; and God beleac hí bin-
non þam arce, and asende rén of heofonum feowertig daga 225
togædere, and geopenode þær togeanes ealle wyllspringas
and wæterþeotan of þære micclan niwelnysse. Þæt flod
weox þa, and abǽr up þone arc, and hit oferstah ealle dúna.
Wearþ þe ælc þing cuces adrénct, buton þam þe binnon þam
arce wæron ; of þam wearþ eft geedstaþelod eall. middan- 230
geard. Þa behét God þæt hé nolde nǽfre eft eal mancynn
mid wætere acwellan, and cwæþ to Noe and to his sunum,
' Ic wylle settan mín wédd betwúx me and éow to þisum
beháte ; þæt is, þonne ic oferteo heofenas mid wólcnum,
þonne biþ æteowod min rénboga betwux þam wolcnum, þonne 235
beo ic gemyndig mines weddes, þæt ic nelle heononforþ
mancynn mid wætere adrencan.' Noe leofode on eallum his
life, ær þam flode and æfter þam flode, nigon hund geara and
fiftig geara, and he þa forþferde.

Þa wæs þá sume hwíle Godes ege on mancynne æfter þam 240
flode, and wæs án gereord on him eallum. Þa cwædon hí
betwux him þæt hi woldon wyrcan ane burh, and ænne stypel
binnon þære byrig, swa heahne þæt his hrof astige up to
heofenum : and begunnon þa to wyrcenne. Þa com God
þærto, þa þa hí swiþost worhton, and sealde ælcum men þe 245
þær wæs synderlice spræce. Þa wæron þær swa fela gereord
swa þær manna wæron ; and heora nán nyste hwæt oþer
cwæþ. And hí þa geswicon þære getimbrunge, and toferdon
geond ealne middangeard.

Þa siþþan wearþ mancynn þurh deofol beswicen, and 250

gebiged fram Godes geleafan, swa þæt hí worhton him an-
licnyssa, sume of golde, sume of seolfre, sume eac of stanum,
sume of treowe, and sceopon him naman: þæra manna naman
þe wæron éntas and yfeldæde.   Eft þonne hí deade wæron,
255 þonne cwædon þa cucan þæt hí wæron godas, and wurþodon
hí, and him lác offrodon; and comon þa deoflu to heora an-
licnyssum, and þæron wunodon, and to mannum spræcon
swilce hí godas wæron; and þæt beswicene mennisc feoll on
cneowum to þam anlicnyssum, and cwædon, ' Ge sind ure
260 godas, and we besettaþ urne geleafan and urne hiht on eow.'
Þa asprang þis gedwyld geond ealne middangeard, and wæs
se soþa Scyppend, se þe ána is God, forsewen and geunwur-
þod.   Þa wæs hwæþere an mægþ þe næfre ne abeah to nanum
deofolgylde, ac æfre wurþode þone soþan God.   Seo mægþ
265 áspráng of Nóes eltstan suna, se wæs gehaten Sem: hé leo-
fode six hund geara, and his sunu hatte Arfaxaþ, se leofode
þreo hund geara and þreo and þrittig, and his sunu hatte Salé,
se leofode feower hund geara and xxxiii; þa gestrynde he
sunu, se wæs geháten Ebér, of þam aspráng þæt Ebreisce
270 folc, þe God lufode; and of þam cynne comon ealle heah-
fæderas and witegan, þa þe cyþdon Cristes tocyme to þisum
life: þæt hé wolde man beon, fornean on ende þyssere
worulde, for ure alysednesse, se þe æfre wæs God mid þam
healican Fæder.   And þyssere mægþe God sealde and gesette
275 æ, and hé hí lædde ofer sæ mid drium fotum, and hé hí afedde
feowertig wintra mid heofenlicum hlafe, and fela wundra on
þam folce geworhte; for þan þe he wolde of þyssere mægþe
him modor geceosan.

Þa æt nexstan, þa se tima com þe God foresceawode, þa
280 asende hé his engel Gabrihel to anum mædene of þam cynne,
seo wæs María gehaten.   Þa com se engel to hire, and hí
gegrette mid Godes wordum, and cydde hire þæt Godes Sunu
sceolde beon acenned of hire, buton weres gemanan.   And

heo þa gelyfde his wordum, and wearþ mid cilde. Þa þa hire tíma cóm heo acende, and þurhwunode mæden. Þæt cild is 285 tuwa acenned: he is acenned of þam Fæder on heofonum, buton ælcere meder, and eft þa þa hé man gewearþ, þa wæs hé acenned of þam clænan mædene Marían, buton ælcum eorþlicum fæder. God Fæder geworhte mancynn and ealle gesceafta þurh þone Sunu, and eft, þa þa we forwyrhte 290 wæron, þa asende hé þone ylcan Sunu to úre alysednesse. Seo halige moder María þa afedde þæt cild mid micelre arwurþnesse, and hit weox swa swa oþre cild doþ, buton synne anum.

He wæs buton synnum acenned, and his líf wæs eal buton 295 synnum. Ne worhte he þeah náne wúndra openlice ǽr þan þe hé wæs þritigwintre on þære menniscnysse ; þa siþþan geceas he him leorningcnihtas ; ærest twelf, þa we hátaþ 'apostolas,' þæt sind 'ærendracan.' Siþþan he geceas twa and hundseofontig, þa sind genemnede 'discipuli,' þæt sind 300 'leorningcnihtas.' Þa worhte hé fela wundra, þæt men mihton gelyfan þæt he wæs Godes bearn. Hé awende wæter to wíne, and eode ofer sǽ mid drium fotum, and he gestilde windas mid his hæse, and hé forgeaf blindum mannum gesihþe, and healtum and lamum rihtne gáng, and hreoflium 305 smeþnysse, and hælu heora lichaman; dumbum hé forgeaf getingnysse, and deafum heorcnunge ; deofolseocum and wodum hé sealde gewitt, and þa deoflu todræfde, and ælce untrumnysse he gehælde ; deade men hé arærde of heora byrgenum to lífe ; and lærde þæt folc þe hé to com mid 310 micclum wisdome ; and cwæþ þæt nán man ne mæg beon gehealden, buton he rihtlice on God gelyfe, and he beo gefullod, and his geleafan mid godum weorcum geglenge ; he onscunode ælc unriht and ealle leasunga, and tæhte rihtwis-nysse and soþfæstnysse. 315

Þa nam þæt Iudeisce folc micelne ándan ongean his láre,

and smeadon hú hí mihton híne to deaþe gedón.   Þa wearþ
án þæra twelfa Cristes geferena, se wæs Iudas gehaten, þurh
deofles tihtinge beswicen, and hé eode to þam Iudeiscum
320 folce, and smeade wiþ hí hu he Crist him belǽwan mihte.
Þeah þe eal mennisc wǽre gegaderod, ne mihton hí ealle hine
acwellan, gif he sylf nolde; for þi he cóm to us þæt hé wolde
for ús deaþ þrowian, and swa eal mancynn þa þe gelyfaþ mid
his agenum deaþe alysan fram helle wite.   Hé nolde geniman
325 ús neadunge of deofles anwealde, buton he hit forwyrhte;
þa hé hit forwyrhte genóh swiþe, þa þa hé gehwette and tihte
þæra Iudeiscra manna heortan to Cristes slege.   Crist þa
geþafode þæt þa wælhreowan hine genámon and gebúndon,
and on ródehengene acwealdon.   Hwæt þa twegen gelyfede
330 men hine arwurþlice bebyrigdon, and Crist on þære hwile to
helle gewende, and þone deoful gewylde, and him of anám
Adám and Evan, and heora ofspring, þone dǽl þe him ǽr
gecwemde, and gelædde hí to heora lichaman, and arás of
deaþe mid þam micclum werede on þam þriddan dæge his
335 þrowunge.   Cóm þa to his apostolum, and hí gefrefrode, and
geond feowertigra daga fyrst him mid wunode; and þa ylcan
lare þe hé him ǽr tæhte eft geedlæhte, and het hí faran geond
ealne middangeard, bodigende fulluht and soþne geleafan.
Drihten þa on þam feowerteogoþan dæge his æristes astah
340 to heofenum, ætforan heora ealra gesihþe, mid þam ylcan
lichaman þe hé on þrowode, and sitt on þa swiþran his
Fæder, and ealra gesceafta gewylt.   Hé hæfþ gerymed
rihtwisum mannum infær to his rice, and þa þe his beboda
eallunga forseoþ beoþ on helle besencte.   Witodlice hé cymþ
345 on ende þyssere worulde mid micclum mægenþrymme on
wolcnum, and ealle þa þe æfre sawle underfengon arisaþ
of deaþe him togeanes; and hé þonne þa mánfullan deofle
betæcþ into þam ecan fyre helle susle; þa rihtwisan he læt
mid him into heofenan rice, on þam hí rixiaþ á on ecnysse.

Men þa leofostan, smeagaþ þysne cwyde, and mid micelre 350 gymene forbugaþ unrihtwysnysse, and geearniaþ mid godum weorcum þæt éce líf mid Gode, se þe ána on ecnysse rixaþ. Amen.

IV.

DECEMBER XXVI.

THE PASSION OF ST. STEPHEN, PROTOM.

WE rædaþ on þære béc þe is geháten Actus Apostolorum þæt þa apostolas gehádodon seofon diaconas on þære gela-þunge þe of Iudeiscum folce to Cristes geleafan beah, æfter his þrowunge, and æriste of deaþe, and upstige to heofenum. Þæra diacona wæs se forma STEPHANUS, þe we on þisum 5 dæge wurþiaþ. He wæs swiþe geleafful, and mid þam Hal-gum Gaste afylled. Þa oþre six wæron gecigede þisum namum: Stephanus wæs se fyrmesta, oþer Philippus, þridda Procorus, feorþa Nicanor, fifta Timotheus, sixta Parmenen, seofoþa Nicolaus. Þas seofon hí gecuron and gesetton on 10 þæra apostola gesihþe, and hi þa mid gebedum and bletsun-gum to diaconum gehadode wurdon. Weox þa dæghwomlice Godes bodung, and wæs gemenigfylld þæt getel cristenra manna þearle on Hierusalem. Þa wearþ se eadiga Stephanus mid Godes gife and mid micelre strencþe afylled, and worhte 15 forebeacna and micele tácna on þam folce. Þa astodon sume þa ungeleaffullan Iudei, and woldon mid heora ge-dwylde þæs eadigan martyres láre oferswiþan; ac hi ne mihton his wisdome wiþstandan, ne þam Halgum Gaste, þe þurh hine spræc. Þa setton hí lease gewitan, þe hine forlu- 20 gon, and cwædon þæt hé tállice word spræce be Moyse and be Gode. Þæt folc wearþ þa micclum astyred, and þa heafod-menn, and þa Iudeiscan boceras, and gelæhton Stephanum, and tugon to heora geþeahte; and þa leasan gewitan him on

c

25 besædon, 'Ne geswicþ þes man to sprecenne tallice word
ongean þas halgan stowe and Godes æ. We gehyrdon hine
secgan þæt Crist towyrpþ þas stowe, and towent þa geset-
nysse þe ús Moyses tæhte.' Þa beheoldon þa hine þe on þam
geþeahte sæton, and gesawon his nebwlite swylce sumes
30 engles ansyne. Þa cwæþ se ealdorbiscop to þam eadigan
cyþere, 'Is hit swa hí secgaþ?' Þa wolde se halga wer
Stephanus heora ungeleaffullan heortan gerihtlæcan mid heora
forþfædera gebysnungæ and gemynde, and to soþfæstnysse
wege mid ealre lufe gebigan. Begann þa him to reccenne be
35 þam heahfædere Abrahame, hu se heofenlica God hine geceas
him to geþoftan, and him behet þæt ealle þeoda on his of-
springe gebletsode wurdon, for his gehyrsumnysse. Swa eac
þæra oþra heahfædera gemynd, mid langsumere race, ætforan
him geniwode; and hu Moyses, þurh Godes mihte, heora
40 foregengan ofer þa Readan Sæ wundorlice gelædde, and hú
hí siþþan feowertig geara on westene wæron, mid heofenlicum
bigleofan dæghwomlice gereordode; and hu God hí lædde to
þam Iudeiscan earde, and þa hæþenan þeoda ætforan heora
gesihþum eallunga adwæscte; and be Davides mærþe, þæs
45 mæran cyninges, and Salomones wuldre [1], þe Gode þæt mære
tempel arærde. Cwæþ þa æt nextan, 'Ge wiþstandaþ þam
Halgum Gaste mid stiþum swuran and ungeleaffulre heort-
an; ge sind meldan and manslagan, and ge þone rihtwisan
Crist niþfullice acwealdon; ge underfengon æ on engla geset-
50 nysse, and ge hit ne heoldon.' Hwæt þa Iudeiscan þa wur-
don þearle on heora heortan astyrode, and biton heora teþ
him togeanes. Se halga Stephanus wearþ þa afylled mid þam
Halgum Gaste, and beheold wiþ heofonas weard, and geseah
Godes wuldor, and þone Hælend standende æt his Fæder
55 swiþran; and he cwæþ, 'Efne ic geseo heofenas opene, and
mannes Sunu standende æt Godes swiþran.' Iudei þa, mid

---

[1] wuldor.

micelre stemne hrymende, heoldon heora earan, and anmod-
lice him to scuton, and hi hine gelæhton, and of þære byrig
gelæddon to stænenne. Þa leasan gewitan þa lédon heora
hacelan ætforan fotum sumes geonges cnihtes, se wæs geciged 60
SAULUS. Ongunnon þa oftorfian mid heardum stanum þone
eadigan Stephanum; and hé clypode, and cwæþ, 'Drihten
Hǽlend, onfóh minne gast.' And gebigde his cneowu, mid
micelre stemne clypigende, 'Min Drihten, ne sete þu þas
dæda him to synne.' And hé mid þam worde þa gewát to 65
þan ælmihtigum Hælende, þe he on ̤ heofenan healicne
standende geseah.

Se wisa Augustinus spræc ymbe þas rædinge, and smeade
hwí se halga cyþere Stephanus cwæde þæt he gesawe mannes
Bearn standende æt Godes swyþran, and nolde cweþan Godes 70
Bearn; þonne þe is geþuht wurþlicor be Criste to cweþenne
Godes Bearn þonne mannes Bearn. Ac hit gedafenode þæt
se Hælend swa geswutelod wære on heofenum, and swa ge-
bodod on middangearde. Eall þæra Iudeiscra teona aras þurh
þæt, hwi Drihten Crist, se þe æfter flæsce soþlice is mannes 75
Sunu, eac swilce wære gecweden Godes Sunu? for þi ge-
munde swiþe gedafenlice þæt godcunde gewrit mannes Sunu
standan æt Godes swiþran, to gescyndenne þæra Iudeiscra
úngeleaffulnysse. Críst wæs æteowed his eadigan cyþere
Stephane on heofenum, se þe fram ungeleaffullum on mid- 80
dangearde acweald wæs, and seo heofenlice soþfæstnys be
þam cydde gecyþnysse, þone þe seo eorþlice arleasnyss hux-
lice tælde. Hwá mæg beon rihtlice gecíged mannes Bearn,
buton Criste anum, þonne ælc man is twegra manna bearn,
buton him anum? Se eadiga Stephanus geseah Crist standan, 85
for þan þe hé wæs his gefylsta on þam gastlicum gefeohte his
martyrdomes. Witodlice we andettaþ on urum credan þæt
Drihten sitt æt his Fæder swiþran. Setl gedafenaþ déman,
and steall fylstendum oþþe feohtendum. Nu andet ure

90 geleafa Cristes setl, for þan þe hé is se soþa déma lybbendra
and deadra: and se eadiga cyþere Stephanus híne geseah
standende, for þan þe he wæs his gefylsta, swa swa we ǽr
sædon.   Ealra gecorenra halgena deaþ is deorwurþe on
Godes gesihþe; ac þeahhwæþere is geþuht, gif ǽnig todál
95 beon mæg betwux martyrum, þæt se is healicost se þe þone
martyrdom æfter Gode astealde.   Witodlice Stephanus wæs
to diacone gehádod æt þæra apostola handum; ac hé hí
forestóp on heofenan rice mid sigefæstum deaþe; and swa
se þe wæs neoþor on endebyrdnysse, wearþ fyrmest on þro-
100 wunge; and se þe wæs leorningcniht on háde, ongánn
wesan láreow on martyrdome.   Þone deaþ soþlice þe se
Hælend gemedemode for mannum þrowian, þone ageaf
Stephanus fyrmest manna þam Hælende.   He is gecweden
'protomartyr,' þæt is 'se forma cyþere,' for þan þe hé æfter
105 Cristes þrowunge ærest martyrdóm geþrowode.   Stephanus
is Grecisc nama, þæt is on Leden *coronatus,* þæt we cweþaþ
on Englisc 'gewuldorbeagod'; for þan þe hé hæfþ þone ecan
wuldorbeah, swa swa his nama him forewítegode.   Þa leasan
gewitan, þe hine forsædon, híne ongunnon ærest to torfienne;
110 for þan þe Moyses ǽ tæhte, þæt swa hwá swa oþerne to
deaþe forsǽde, sceolde wurpan þone forman stán to þam þe
hé ær mid his tungan acwealde.   Þa reþan Iudei wedende
þone halgan stándon: and hé clypode, and cwæþ, 'Drihten,
ne sete þu þas dǽda him to synne.'
115   Understandaþ nu, mine gebroþra, þa micclan lufe þæs
eadigan weres.   On deaþe hé wæs gesett, and þeah he bæd
mid soþre lufe for his cwelleras; and betwux þæra stana
hryre, þa þa gehwá mihte his leofostan frynd forgytan, þa
betæhte hé his fynd Gode, þus cweþende, 'Drihten, ne sete
120 þu þas dæda him to synne.'   Swiþor he besorgade þa heora
synna þonne his agene wunda; swiþor heora arleasnysse
þonne his sylfes deaþ; and rihtlice swiþor, for þan þe heora

arleasnysse fyligde se eca deaþ, and þæt ece líf fyligde his
deaþe. Saulus heold þæra leasra gewitena reaf, and heora
mod to þære stæninge geornlice tihte. Stephanus soþlice 125
gebigedum cneowum Drihten bæd þæt hé Saulum alysde.
Wearþ þa Stephanes bén fram Gode gehyred, and Saulus
wearþ alysed. Se árfæsta wæs gehyred, and se arleasa wearþ
gerihtwisod.

On þyssere dæde is geswutelod hu micclum fremige þære 130
soþan lufe gebed. Witodlice næfde Godes gelaþung Paulum
to lareowe, gif se halga martyr Stephanus swa ne bæde.
Efne nú Paulus blissaþ mid Stephane on heofenan rice ; mid
Stephane hé bricþ Cristes beorhtnysse, and mid him hé rixaþ.
Þider þe Stephanus forestop, mid Saules stanum oftorfod, 135
þider folgode Paulus, gefultumod þurh Stephanes gebedu.
Þær nis Paulus gescynd þurh Stephanes slege, ac Stephanus
gladaþ on Paules gefærrædene; for þan þe seo soþe lufu on
heora ægþrum blissaþ. Seo soþe lufu oferwann þæra Iude-
iscra reþnysse on Stephane, and seo ylce lufu oferwreah 140
synna micelnysse on Paule, and heo on heora ægþrum samod
geearnode heofenan rice. Eornostlice seo soþe lufu is wyl-
spring and ordfruma ealra godnyssa, and æþele trumnys, and
se weg þe lǽt to heofonum. Se þe færþ on soþre lufe ne
mæg hé dwelian, ne forhtian : heo gewissaþ, and gescylt, 145
and gelæt. Þurh þa soþan lufe wæs þes halga martyr swa
gebyld þæt he bealdlice þæra Iudeiscra ungeleaffulnysse
þreade, and he orsorh betwux þam greatum hagolstanum
þurhwunode ; and he for þam stænendum welwillende gebæd,
and þærtoeacan þa heofenlican healle cucu and gewuldor- 150
beagod innferde.

Mine gebroþra, uton geefenlæcan be sumum dæle swa
miccles lareowes geleafan, and swa mæres cyþeres lufe. Uton
lufian ure gebroþra on Godes gelaþunge mid swilcum mode
swa swa þes cyþere þa lufode his fynd. Beoþ gemyndige 155

hwæt seo sylfe Soþfæstnys on þam halgan godspelle behét,
and hwilc wedd us gesealde : se Hælend cwæþ, 'Gif ge for-
gyfaþ þam mannum þe wiþ eow agyltaþ, þonne forgifþ eow
eower Fæder eowere synna : gif ge þonne nellaþ forgyfan,
160 nele eac eower Fæder eow forgifan eowere gyltas.'   Ge ge-
hyraþ nu, mine gebroþra, þæt hit stent þurh Godes gyfe on
urum agenum dihte hu ús biþ æt Gode gedémed.   He cwæþ,
'Gif ge forgyfaþ, eow biþ forgyfen.'   Ne bepæce nan man
hine sylfne : witodlice gif hwa furþon ænne man hataþ on
165 þisum middangearde, swa hwæt swa he to góde gedéþ, eal
he hit forlyst; for þan þe se apostol Paulus ne biþ geligenod,
þe cwæþ, 'Þeah þe ic aspende ealle mine æhta on þearfena
bigleofan, and þeah þe ic minne agenne lichaman to cwale
gesylle, swa þæt ic forbyrne on martyrdome; gif ic næbbe þa
170 soþan lufe, ne fremaþ hit me nan þing.'   Be þan ylcan cwæþ
se godspellere Iohannes, 'Se þe his broþor ne lufaþ, he wunaþ
on deaþe.'   Eft hé cwæþ, 'Ælc þæra þe his broþor hataþ
is manslaga.'   Ealle we sind gebroþra þe on God gelyfaþ,
and we ealle cweþaþ *Pater noster qui es in celis*, þæt is,
175 'Ure Fæder þe eart on heofonum.'   Ne gedyrstlæce nan
man be mægþhade, butan soþre lufe.   Ne truwige nan man
be ælmesdædum oþþe on gebedum, butan þære foresædan
lufe ; for þan þe swa lange swa hé hylt þone sweartan niþ on
his heortan, ne mæg he mid nanum þinge þone mildheortan
180 God gegladian.   Ac gif he wille þæt him God milde sý, þonne
hlyste hé gódes rædes, na of minum muþe, ac of Cristes
sylfes : he cwæþ, 'Gif þu offrast þine lác to Godes weofode,
and þu þær gemyndig bist þæt þin broþor hæfþ sum þing
ongean þe, forlæt þærrihte þa lác ætforan þam weofode, and
185 gang ærest to þinum breþer, and þe to him gesibsuma ; and
þonne þu eft cymst to þam weofode, geoffra þonne þine lác.'
Gif þu þonne þinum cristenúm breþer deredest, þonne hæfþ
he sum þing ongean þe, and þu scealt be Godes tæcunge hine

gegladian, ær þu þine lác geoffrige. Gif þonne se cristená mann, þe þin broþor is, þe ahwar geyfelode, þæt þu scealt 190 miltsigende forgifan. Ure gastlican lác sind ure gebedu, and lofsang, and huselhalgung, and gehwilce oþre lác þe we Gode offriaþ, þa we sceolon mid gesibsumere heortan and broþerlicere lufe Gode betæcan. Nu cwyþ sum man ongean þas rædinge, ' Ne mæg ic minne feond lufian, þone þe ic 195 dæghwomlice wælhreowne togeanes me geseo.' Eala þu mann, þu sceawast hwæt þin broþor þe dyde, and þu ne scea-wast hwæt þu Gode gedydest. Þonne þu micele swærran synna wiþ God gefremodest, hwí nelt þu forgyfan þa lytlan gyltas anum menn, þæt se ælmihtiga God þe þa micclan 200 synna forgyfe? Nu cwyst þu eft, ' Micel gedeorf biþ me þæt ic minne feond lufige, and for þone gebidde þe me hearmes cepþ.' Ne wiþcweþe we þæt hit micel gedeorf ne sy; ac gif hit is hefigtyme on þyssere worulde, hit becymþ to micelre mede on þære toweardan. Witodlice þurh þines 205 feondes lufe þu bist Godes freond; and na þæt an þæt þu his freond sy, ac eac swilce þu bist Godes bearn, þurh þa rædene þæt þu þinne feond lufige; swa swa Crist sylf cwæþ, ' Lufiaþ eowere fynd, doþ þam tela þe eow hatiaþ, þæt ge beon eoweres Fæder cild, se þe on heofenum is.' Menigfealda 210 earfoþnyssa and hospas wolde gehwá eaþelice forberan wiþ þan þæt he moste sumum rican men to bearne geteald beon, and his yrfenuma to gewitendlicum æhtum: forberaþ nu geþyldelice for þam ecan wurþmynte, þæt ge Godes bearn getealde beon, and his yrfenuman on heofenlicum spedum, 215 þæt þæt se oþer forþyldigan wolde for ateorigendlicere edwiste.

We secgaþ eow Godes riht; healdaþ gif ge willon. Gif we hit forsuwiaþ, ne biþ us geborgen. Cristes lufu us neadaþ þæt we simle þa gódan tihton, þæt hí on godnysse þurh- 220 wunion; and þa yfelan we mynegiaþ þæt hí fram heora

yfelnessum hrædlice gecyrron.   Ne beo se rihtwisa gymeleas
on his ánginne, ne se yfela ortruwige þurh his unrihtwisnysse.
Ondræde se goda þæt he fealle ; hogige se yfela þæt hé
225 astande.   Se þe yfel sy geefenlæce hé Paules gecyrrednysse ;
se þe gód sy þurhwunige hé on gódnysse mid Stephane; for
þan þe ne biþ nán anginn herigendlic butan godre geend-
unge.   Ælc lof biþ on ende gesungen.

Mine gebroþra, gyrstandæg gemedemode ure Drihten hine
230 sylfne þæt hé þysne middangeard þurh soþe menniscnysse
geneosode : nu todǽg se æþela cempa Stephanus, fram
lichamlicere wununge gewitende, sigefæst to heofenum ferde.
Crist niþer astáh, mid flæsce bewæfed ; Stephanus up astáh,
þurh his blod gewuldorbeagod.   Gyrstandæg sungon englas
235 'Gode wuldor on heannyssum ;' nu todæg hí underfengon
Stephanum blissigende on heora geferrædene, mid þam hé
wuldraþ and blissaþ á on ecnysse.   Amen.

V.

JANUARY VI.

THE EPIPHANY OF THE LORD.

Men þa leofostan, nu for feawum dagum we oferræddon
þis godspel ætforan eow, þe belimpþ to þysses dæges þenunge,
for gereccednysse þære godspellican endebyrdnysse ; ac we
ne hrepodon þone traht na swiþor þonne to þæs dæges wurþ-
5 mynte belámp : nu wille we eft oferyrnan þa ylcan godspel-
lican endebyrdnysse, and be þyssere andweardan freolstíde
trahtnian.

Matheus se Godspellere cwæþ, 'Cum natus esset Iesus
in Bethleem Iudæ, in diebus Herodis regis, ecce Magi ab
10 oriente venerunt Hierosolimam, dicentes, Ubi est qui natus

est Rex Iudeorum?' et reliqua. 'Þa þa se Hælend acenned
wæs on þære Iudeiscan Bethleem, on Herodes dagum cyning-
es, efne þa comon fram eastdæle middangeardes þry tungel-
witegan to þære byrig H[i]erusalem, þus befrínende, 'Hwær
is Iudeiscra leoda Cyning, seþe acenned is? We gesawon 15
soþlice his steorran on eastdæle, and we comon to þi þæt we
ús to him gebiddan.' Hwæt þa Herodes cyning þis gehy-
rende wearþ micclum astyred, and eal seo burhwaru samod
mid him. He þa gesamnode ealle þa ealdorbiscopas and þæs
folces boceras, and befran hwær Cristes cenningstow wære. 20
Hí sædon, 'On þære Iudeiscan Bethleem.' Þus soþlice is
awriten þurh þone witegan Micheam, 'Eala þu Bethleem,
Iudeisc land! ne eart þu nateshwón wacost burga on Iudeis-
cum ealdrum: of þe cymþ se heretoga, se þe gewylt and
gewissaþ Israhela folc.' Þa clypode Herodes þa þry tungel- 25
witegan on sunderspræce, and geornlice hí befran to hwilces
timan se steorra him ærest æteowode; and sende hí to Beth-
leem, þus cweþende, 'Faraþ ardlice, and befrinaþ be þam
cilde; and þonne ge hit gemetaþ, cyþaþ me, þæt ic mæge me
to him gebiddan.' Þa tungelwitegan ferdon æfter þæs cy- 30
ninges spræce. And efne þa se steorra þe hí on eastdæle
gesawon glad him beforan, oþ þæt hé gestod bufon þam
gesthuse þær þæt cild on[1] wunode. Hí gesawon þone
steorran, and þearle blissodon. Eodon þa inn, and þæt cild
gemetton mid Marian his meder, and niþerfeallende hí to 35
him gebædon. Hí geopenodon heora hordfatu, and him lác
geoffrodon: gold, and recels, and myrran. Hwæt þa God
on swefne hí gewarnode, and bebead þæt hi eft ne gecýrdon
to þam reþan cyninge Herode, ac þurh oþerne weg hine
forcyrdon, and swa to heora eþele becómon.'   40

Þes dæg is gehaten *Epiphania Domini*, þæt is ' Godes ge-
swutelungdæg.' On þysum dæge Crist wæs geswutelod þam

[1] onn.

þrym cyningum, þe fram eastdæle middangeardes hine mid
þrimfealdum lacum gesohton. Eft embe geara ymbrynum
45 hé wearþ on his fulluhte on þysum dæge middangearde ge-
swutelod, þa þa se Halga Gást on culfran híwe uppon him
gereste, and þæs Fæder stemn of heofenum hlúde swegde,
þus cweþende, ' Þes is min leofa Sunu, þe me wél licaþ ; ge-
hyraþ him.' Eac on þisum dæge he awende wæter to æþe-
50 lum wine, and mid þam geswutelode þæt he is se soþa Scyp-
pend, þe þa gesceafta awendan mihte. For þisum þrym þing-
um is þes freolsdæg Godes swutelung gecweden. On þam
forman dæge his gebyrdtide he wearþ æteowed þrym hyrdum
on Iudeiscum earde, þurh þæs engles bodunge. On þam
55 ylcum dæge he wearþ gecydd þam þrym tungelwítegum on
eastdæle, þurh þone beorhtan steorran; ac on þysum dæge
hí comon mid heora lacum. Hit wæs gedafenlic þæt se ge-
sceadwisa engel hine cydde þam gesceadwisum Iudeiscum,
þe Godes æ cuþon, and þam hæþenum, þe þæs godcundan
60 gesceades nyston, na þurh stemne, ac þurh tacn wære ge-
swutelod.

Þa Iudeiscan hyrdas getácnodon þa gastlican hyrdas, þæt
sind þa apostolas, þe Crist geceas of Iudeiscum folce, ús to
hyrdum and to lareowum. Þa tungelwitegan, þe wæron on
65 hæþenscipe wunigende, hæfdon getacnunge ealles hæþenes
folces, þe wurdon to Gode gebígede þurh þæra apostola láre,
þe wæron Iudeiscre þeode. Soþlice se sealmsceop awrat be
Criste, þæt hé is se hyrnstan þe gefegþ þa twegen weallas
togædere, for þan þe he geþeodde his gecorenan of Iudeiscum
70 folce and þa geleaffullan of hæþenum, swilce twegen wagas
to anre gelaþunge; be þam cwæþ Paulus se apostol, ' Se
Hælend bodade on his tocyme sibbe us þe feorran wæron,
and sibbe þam þe gehende wæron. Hé is ure sibb, se þe
dyde ægþer to anum, towurpende þa ærran feondscipas on
75 him sylfum.' Þa Iudeiscan þe on Crist gelyfdon wæron him

gehéndor stówlice, and eac þurh cyþþe þære ealdan $\acute{\ae}$: we wæron swiþe fyrlyne, ægþer ge stówlice ge þurh uncyþþe ; ac he ús gegaderode mid ánum geleafan to þam healicum hyrnstáne, þæt is to annysse his gelaþunge.

Þa easternan tungelwítegan gesáwon níwne steorran 80 beorhtne, na on heofenum betwux oþrum tunglum, ac wæs ángenga betwúx heofenum and eorþan. Þa undergeaton hí þæt se seldcuþa tungel gebícnode þæs soþan Cyninges acen- nednysse on þam earde þe he oferglád; and for þi comon to Iudea rice, and þone arleasan cyning Herodem mid heora 85 bodunge þearle afǽrdon; for þan þe buton tweon seo eorþlice arleasnys wearþ gescynd, þa þa seo heofenlice healicnyss wearþ geopenod.

Swutol is þæt þa tungelwitegan tocneowon Crist soþne mann, þa þa hí befrunon, ' Hwær is se þe acenned is?' Hí 90 oncneowon híne soþne cyning, þa þa hí cwædon 'Iudea cyning.' Hi hine wurþodon soþne God, þa þa hí cwædon, ' we comon to þy þæt we us to him gebiddan.' Eaþe mihte God hí gewissian þurh þone steorran to þære byrig þe þæt cild on wæs, swa swa he his acennednysse þurh þæs steorran 95 upspring geswutelode ; ac he wolde þæt þa Iudeiscan boceras þa witegunge be þam rǽddon, and swa his cenningstowe ge- swutelodon, þæt hí gehealdene wæron, gif hí woldon mid þan tungelwitegum hí to Criste gebiddan: gif hi þonne noldon, þæt hí wurdon mid þære geswutelunge geniþerode. Þa tung- 100 elwitegan ferdon and hí gebædon, and þa Iudeiscan boceras bæftan belifon, þe þa cenningstowe þurh bóclic gescead gebícnodon.

Ealle gesceafta oncneowon heora Scyppendes tocyme, buton þam arleasum Iudeiscum anum. Heofonas oncneowon 105 heora Scyppend, þa þa hí on his acennednysse níwne steorran æteowdon. Sǽ oncneow, þa þa Crist mid drium fotwylmum ofer hyre yþa mihtelice eode. Sunne oncneow, þa þa heo on

his þrowunge hire leoman fram middæge oþ nón behydde.
110 Stánas oncneowon, þa þa hí on his forþsiþe sticmælum to-
burston.   Seo eorþe oncneow, þa þa heo on his æriste eall
byfode.   Hell oncneow, þa þa heo hire hæftlingas unþances
forlet.   And þeah þa heardheortan Iudei noldon for eallum
þam tacnum þone soþan Scyppend tocnáwan, þe þa dumban
115 gesceafta undergeaton, and mid gebicnungum geswutolodon.
Næron hí swaþeah ealle endemes ungeleaffulle, ac of heora
cynne wæron ægþer ge wítegan ge apostolas, and fela þu-
senda gelyfedra manna.

Þa þa þa tungelwitegan þone cyning gecyrdon, þa wearþ
120 se steorra him ungesewen ; and eft, þa þa hí to þam cilde
gecyrdon, þa gesawon hí eft þone steorran, and he þa hí ge-
lædde to þam huse þær hé inne wunode.   Ne glad hé ealne
weig him ætforan, ac syþþan hí comon to Iudeiscum earde,
syþþan he wæs heora latteow, oþ þæt he bufan Cristes gest-
125 huse ætstod.

Herodes hæfde deofles getacnunge ; and se þe fram Gode
bichþ to deofle he forlyst Godes gife, þæt is, his modes on-
lihtinge, swa swa þa tungelwitegan þone steorran forluron,
þa þa hí þone reþan cyning gecyrdon.   Gif he þonne eft þone
130 deofol anrædlice forlǽt, þonne gemét hé eft þæs Halgan
Gastes gife, þe his heortan onliht, and to Criste gelǽt.

Us is eac to witenne, þæt wæron sume gedwolmen þe
cwǽdon þæt ælc man beo acenned be steorrena gesetnyssum,
and þurh heora ymbryna him wyrd gelimpe, and námon to
135 fultume heora gedwylde þæt níwe steorra asprang þa þa
Drihten lichamlice acenned wearþ, and cwædon þæt se steorra
his gewyrd wære.   Gewíte þis gedwyld fram geleaffullum
heortum, þæt ænig gewyrd sy, buton se ælmihtiga Scyppend,
se þe ælcum men foresceawaþ lif be his geearnungum.   Nis
140 se man for steorrum gesceapen, ac þa steorran sint mannum
to nihtlicere lihtinge gesceapene.   Þa þa se steorra glád, and

þa tungelwitegan gelædde, and him þæs cildes inn gebícnode, þa geswutelode he þæt he wæs Cristes gesceaft, and rihtlice his Scyppende þenode : ac hé næs his gewyrd. Eft we biddaþ þæt nán geleafful man his geleafan mid þisum 145 gedwylde ne befyle. Witodlice Rebecca, Isaáces wíf, acende twegen getwysan, Iacob and Esau, on ánre tide, swa þæt Iacob heold þone yldran broþer Esau be þam fét on þære cenninge, and hi næron þeah gelice on þeawum, ne on lifes geearnungum. Witodlice þæt halige gewrit cwyþ þæt God 150 lufode Iacob, and hatode Esau; na for gewyrde, ac for mislicum geearnungum. Hit gelimpþ forwel oft þæt on anre tide acenþ seo cwén and seo wyln, and þeah geþicþ se æþeling be his gebyrdum to healicum cynesetle, and þære wylne sunu wunaþ eal his líf on þeowte. 155

Nu cweþaþ oft stunte men þæt hi be gewyrde lybban sceolon, swylce God hí neadige to yfeldædum ! Ac we wyllaþ þyssera stuntra manna ydele leasunge adwæscan mid deopnysse godcundra gewrita. Se ælmihtiga Scyppend gesceop englas þurh his godcundan mihte, and for his micclan 160 rihtwisnysse forgeaf him agenne cyre, þæt hí moston þurhwunian on ecere gesælþe þurh gehyrsumnysse, and mihton eac þa gesælþa forleosan, na for gewyrde, ac for ungehyrsumnysse. His deope rihtwisnys nolde hí neadian to naþrum, ac forgeaf him agenne cyre; for þan þe þæt is rihtwisnys 165 þæt gehwylcum sy his agen cyre geþafod. Þonne wære seo rihtwisnys awæged, gif he hi neadunge to his þeowte gebigde, oþþe gif he hí to yfelnysse bescufe. Þa miswendon sume þa englas heora agenne cyre, and þurh modignysse hy sylfe to awyrigedum deoflum geworhton. 170

Eft þa þa se þrimwealdenda Scyppend mancyn geworhte, þa forgeaf hé Adame and Evan agenne cyre, swa hi þurh gehyrsumnysse á on ecnysse, butan deaþe, on gesælþe wunodon, mid eallum heora ofspringe, swa hi þurh ungehyr-

175 sumnysse deadlice wurdon. Ac þa þa hí Godes bebod for-
gægdón, and þæs awyrigedan deofles lare gehyrsumodon, þa
wurdon hi deadlice and forscyldegode þurh agenne cyre, hí
and eall heora ofspring; and þeah þe næfre ne wurde syþþan
mancynne gemiltsod, þe má þe þam deoflum is, þeah wære
180 Godes rihtwisnys eallunga untæle. Ac eft seo miccle mild-
heortnys ures Drihtnes us alysde þurh his menniscnysse, gif
we his bebodum mid ealre heortan gehyrsumiaþ. Witodlice
þa þe nu þurh agenne cyre and deofles tihtinge God forlætaþ,
God forlæt hí eac to þam ecan forwyrde.

185 Georne wiste se ælmihtiga Scyppend, ær þan þe he þa
gesceafta gesceope, hwæt toweard wæs. He cuþe gewislice
getel ægþer ge gecorenra engla ge gecorenra manna, and eac
þæra modigra gasta and arleasra manna, þe þurh heora
arleasnysse forwurþaþ; ac he ne forestihte nænne to yfel-
190 nysse, for þan þe he sylf is eall gódnyss; ne hé nænne to
forwyrde ne gestihte, for þan þe he is soþ líf. He forestihte
þa gecorenan to þam ecan life, for þan þe he wiste hí swilce
towearde, þurh his gife and agene gehyrsumnysse. He nolde
forestihtan þa arleasan to his rice, for þan þe he wiste hí swilce
195 towearde, þurh heora agene forgægednysse and þwyrnysse.
Healdaþ þis fæste on eowerum heortum, þæt se ælmihtiga
and se rihtwisa God nænne mann ne neadaþ to syngigenne,
ac he wát swaþeah on ǽr hwilce þurh agenne willan syngian
willaþ. Hwí ne sceal he þonne rihtlice wrecan þæt yfel þæt
200 he onscunaþ? He lufaþ ælc gód and rihtwisnysse, for þan
þe he is gecyndelice gód and rihtwis; and he hataþ ealle þa
þe unrihtwisnysse wyrcaþ, and þa fordeþ þe leasunge sprecaþ.
Witodlice þa þe on God belyfaþ, hi sind þurh þone Halgan
Gást gewissode. Nis seo gecyrrednys to Gode of us sylfum,
205 ac of Godes gife, swa swa se apostol cwyþ, 'Þurh Godes
gife ge sind gehealdene on geleafan.'

Þa þe ne gelyfaþ þurh agenne cyre hí scoriaþ, na þurh ge-
wyrd; for þan þe gewyrd nis nan þing buton leas wena ; ne
nan þing soþlice be gewyrde ne gewyrþ, ac ealle þing þurh.
Godes dom beoþ geendebyrde, se þe cwæþ þurh his witegan, 210
'Ic afandige manna heortan, and heora lendena, and ælcum
sylle æfter his færelde, and æfter his agenre afundennysse.'
Ne talige nan man his yfelan dæda to Gode, ac talige ærest
to þam deofle, þe mancyn beswác, and to Adámes forgæged-
nysse ; ac þeah swiþost to him sylfum, þæt him yfel gelicaþ, 215
and ne licaþ gód.

Biþ þeah gelome ofsprincg forscyldegod þurh forþfædera
mándæda, gif he mid yfele him geefenlæhþ. Gif þonne se
ofspring rihtwis biþ, þonne leofaþ he on his rihtwisnysse,
and nateshwon his yldrena synna ne aberþ. Ne sy nán man 220
to þan arleas þæt hé Adam wyrige oþþe Evan, þe nu on
heofenum mid Gode rixiaþ, ac geearnige swiþor Godes mild-
heortnysse, swa þæt hé wende his agenne cyre to his Scyp-
pendes gehyrsumnysse and bebodum ; for þan þe nan man
ne biþ gehealden buton þurh gife Hælendes Cristes : þa gife 225
he gearcode and forestihte on ecum ræde ær middangeardes
gesetnysse.

Mine gebroþra, ge habbaþ nu gehyred be þan leasan
wenan, þe ydele men gewyrd hataþ : uton nu fón on þæs
godspelles trahtnunge, þær we hit ær forleton. 230

Þa tungelwitegan eodon into þæs cildes gesthuse, and
hine gemetton mid þære meder. Hí þa mid astrehtum lic-
haman hi to Criste gebædon, and geopenodon heora hord-
fatu, and him geoffrodon þryfealde lác, gold, and recels, and
myrran. Gold gedafenaþ cyninge ; stór gebyraþ to Godes 235
þenunge ; mid myrran man behwyrfþ deadra manna líc,
þæt hí late rotian. Þas þrý tungelwítegan hí to Criste ge-
bǽdon, and him getacnigendlice lac offrodon. Þæt gold
getacnode þæt he is soþ cyning. Se stór þæt he is soþ God.

240 Seo myrre þæt he wæs þa deadlic; ac he þurhwunaþ nu
undeadlic on ecnysse.

Sume gedwolmen wæron þe gelyfdon þæt he God wære,
ac hi nateshwón ne gelyfdon þæt hé æghwær rixode: hí of-
frodon Criste gastlice recels, and noldon him gold offrian.
245 Eft wæron oþre gedwolmen þe gelyfdon þæt he soþ cyning
wære, ac hi wiþsocon þæt he God wære: þas, buton twyn,
him offrodon gold, and noldon offrian recels. Sume ge-
dwolan andetton þæt he soþ God wære and soþ cyning, and
wiþsocon þæt hé deadlic flæsc underfenge: þas witodlice him
250 brohton gold and stor, and noldon bringan myrran þære on-
fangenre deadlicnysse.

Mine gebroþra, uton we geoffrian urum Drihtne gold, þæt
we andettan þæt hé soþ cyning sy, and æghwær rixige. Uton
him offrian stór, þæt we gelyfon þæt hé æfre God wæs, se þe
255 on þære tide man æteowde. Uton him bringan myrran,
þæt we gelyfan þæt he wæs deadlic on urum flæsce, se þe is
unþrowigendlic on his godcundnysse. He wæs deadlic on
menniscnysse ær his þrowunge, ac he biþ heononforþ un-
deadlic, swa swa we ealle beoþ æfter þam gemænelicum
260 æriste.

We habbaþ gesǽd embe þas þryfealdan lac, hú hí to Criste
belimpaþ: we willaþ eac secgan hú hí to ús belimpaþ æfter
þeawlicum andgite. Mid golde witodlice biþ wisdom ge-
tácnod, swa swa Salomon cwæþ, 'Gewilnigendlic goldhord
265 liþ on þæs witan muþe.' Mid store biþ geswutelod halig
gebed, be þam sang se sealmscop, 'Drihten, sy min gebed
asend swa swa byrnende stór on þinre gesihþe.' Þurh
myrran is gehíwod cwelmbærnys ures flæsces; be þam cweþ
seo halige gelaþung, 'Mine handa drypton myrran.' Þam
270 acennedan Cyninge we bringaþ gold, gif we on his gesihþe
mid beorhtnysse þæs upplican wisdomes scinende beoþ. Stór
we him bringaþ, gif we ure geþohtas þurh gecnyrdnysse

haligra gebeda on weofode ure heortan onǽlaþ, þæt we magon
hwæthwega wynsumlice þurh heofenlice gewilnunge stincan.
Myrran we him offriaþ, gif we þa flæsclican lustas þurh for- 275
hæfednysse cwylmiaþ. Myrra deþ, swa we ær cwædon,
þæt þæt deade flæsc eaþelice ne rotaþ. Witodlice þæt deade
flæsc rotaþ leahtorlice, þonne se deadlica lichama þeowaþ
þære flowendan galnysse, swa swa se wítega be sumum cwæþ,
' Þa nytenu forrotedon on heora meoxe.' Þonne forrotiaþ 280
þa nytenu on heora meoxe, þonne flæsclice men on stence
heora galnysse geendiaþ heora dagas. Ac gif we þa myrran
Gode gastlice geoffriaþ, þonne biþ ure deadlica lichama fram
galnysse stencum þurh forhæfednysse gehealden.

Sum þing miccles gebícnodon þa tungelwitegan us mid 285
þam þæt hi þurh oþerne weg to heora earde gecyrdon.
Ure eard soþlice is neorxnawang, to þam we ne magon
gecyrran þæs weges þe we comon. Se frumsceapena man
and eall his ofspring wearþ adræfed of neorxenawanges
myrhþe þurh ungehyrsumnysse, and · for þigene þæs for- 290
bodenan bigleofan, and þurh modignysse, þa þa he wolde
beon betera þonne hine se ælmihtiga Scyppend gesceop.
Ac us is micel neod þæt we þurh oþerne weg þone swicolan
deofol forbugan, þæt we moton gesæliglice to urum eþele
becuman, þe we to gesceapene wæron. 295

We sceolon þurh gehyrsumnysse, and forhæfednysse, and
eadmodnysse, ánmodlice to urum eþele stæppan, and mid
halgum mægnum þone eard ofgan þe we þurh leahtras for-
luron. Rihtlice wæs se swicola Herodes fram þam tungel-
witegum bepæht, and he to Criste ne becom, for þan þe hé 300
mid facenfullum mode hine sohte. He getacnode þa leasan
licceteras, þe mid híwunge God secaþ, and næfre ne geme-
taþ. He is to secenne mid soþfæstre heortan and anrædum
mode, se þe leofaþ and rixaþ mid Fæder and Halgum Gaste,
on ealra worulda woruld. Amen. 305

D

VI.

SHROVE SUNDAY.

ADSUMPSIT Iesus XII. discipulos suos, et reliqua.

Her is geræd on þissum godspelle, þe we nu gehyrdon of
þæs diacones muþe, þæt 'se Hælend gename onsundron his
twelf leorningcnihtas, and cwæþ to him, 'Efne we sceolon
5 faran to þære byrig Hierusalem, and þonne beoþ gefyllede
ealle þa þing þe wæron be me awritene þurh witegan. Ic
sceal beon beláwed þeodum, and hí doþ me to bysmore,
and beswingaþ, and syþþan ofsleaþ, and ic arise of deaþe
on þam þriddan dæge.' Þa nyston his leorningcnihtas nan
10 andgit þyssera worda. Þa gelámp hit þæt hí genealæhton
anre byrig þe is gehaten Hiericho, and þa sæt þær sum blind
man be þam wege; and þa þa he gehyrde þæs folces fær
mid þam Hælende, þa acsode he hwa þær ferde. Hi cwæ-
don him to, þæt þæt wære þæs Hælendes fær. Þa begann
15 he to hrymenne, and cwæþ, 'Hælend, Davides bearn, ge-
miltsa min!' Þa men þe beforan þam Hælende ferdon
ciddon ongean þone blindan, þæt he suwian sceolde. He
clypode þa miccle swiþor, 'Hælend, Davides bearn, gemiltsa
min!' Þa stód se Hælend, and het lædan þone blindan to
20 him. Þa þa he genealæhte, þa acsode se Hælend hine,
'Hwæt wylt þu þæt ic þe dó?' He cwæþ, 'Drihten, þæt ic
mage geseon.' And se Hælend him cwæþ to, 'Loca nu:
þin geleafa hæfþ þe gehæled.' And he þærrihte geseah, and
fyligde þam Hælende, and hine mærsode. Þa eal þæt folc
25 þe þæt wundor geseh herede God mid micelre onbryrdnysse.'

Þyses godspelles anginn hrepode ures Hælendes þrowunge;
þeahhwæþere ne þrowade hé na on þysne timan; ac hé
wolde feorran and lange ær cyþan his þrowunge his leor-

ningcnihtum, þæt hí ne sceoldon beon to swiþe afyrhte þurh
þa þrowunge, þonne se tima come þæt hé þrowian wolde. 30
Heora mód wearþ afyrht þurh Crístes segene, ac hé hí eft
gehyrte mid þam worde þe hé cwæþ, 'Ic arise of deaþe on
þam þriddan dæge.' Þa wolde he heora geleafan gestrangian
and getrymman mid wundrum. And hí þa comon to þære
stowe þær se blinda man sæt be þam wege, and Crist hine 35
gehælde ætforan gesihþe ealles þæs werodes, to þi þæt he
wolde mid þam wundre hí to geleafan gebringan. Þeah-
hwæþere þa wundra þe Crist worhte, oþer þing hí æteowdon
þurh mihte, and oþre þing hí getacnodon þurh geryno. He
worhte þa wundra soþlice þurh godcunde mihte, and mid 40
þam wundrum þæs folces geleafan getrymde; ac hwæþre
þær wæs oþer þing digle on þam wundrum, æfter gastlicum
andgite. Þes án blinda man getacnode eall mancynn, þe
wearþ ablend þurh Adames gylt, and asceofen of myrhþe
neorxenawanges, and gebroht to þisum life, þe is wiþmeten 45
cwearterne. Nu sind we ute belocene fram þam heofenlican
leohte, and we ne magon on þissum life þæs ecan leohtes
brucan; ne we his na mare ne cunnon buton swa micel swa
we þurh Cristes lare on bocum rædaþ. Þeos woruld, þeah
þe heo myrige hwíltidum geþuht sy, nis heo hwæþere þe 50
geliccre þære ecan worulde þe is sum cweartern leohtum
dæge. Eal mancyn wæs, swa we ær cwædon, ablend mid
geleafleaste[1] and gedwylde; ac þurh Cristes tocyme we wur-
don abrodene of urum gedwyldum, and onlihte þurh geleafan.
Nu hæbbe we þæt leoht on urum mode, þæt is, Cristes ge- 55
leafa; and we habbaþ þone hiht þæs ecan lifes myrhþe, þeah
þe we gyt lichamlice on urum cwearterne wunian.

Se blinda man sæt æt þære byrig þe is gehaten Hiericho.
Hiericho is gereht and geháten 'mona.' Se mona deþ ægþer,
ge wycxþ ge wanaþ : healfum monþe he biþ weaxende, heal- 60

[1] geleaflæste.

fum he biþ wanigende.   Nu getacnaþ se mona ure deadlice
lif, and ateorunge ure deadlicnysse.   On oþerne ende men
beoþ acennede, on oþerne ende hí forþfaraþ.   Þa þa Crist
com to þære byrig Hiericho, þe þone monan getacnaþ, þa
65 underfeng se blinda man gesihþe.   Þæt is, þa þa Crist com
to ure deadlicnysse, and ure menniscnysse underfeng, þa
wearþ mancyn onliht, and gesihþe underfeng.   He sæt wiþ
þone weig; and Crist cwæþ on his godspelle, 'Ic eom weig,
and soþfæstnys, and lif.'   Se man þe nan þing ne cann þæs
70 ecan leohtes, he is blind; ac gif hé gelyfþ on þone Hælend,
þonne sitt he wiþ þone weig.   Gif he nele biddan þæs ecan
leohtes, he sitt þonne blind be þam wege unbiddende.   Se
þe rihtlice gelyfþ on Críst, and geornlice bitt his sawle on-
lihtinge, he sitt be þam wege biddende.   Swa hwa swa
75 oncnæwþ þa blindnysse his modes, clypige he mid inweardre
heortan, swá swá se blinda cleopode, 'Hælend, Davides
Bearn, gemiltsa mín!'

    Seo menigu þe eode beforan þam Hælende ciddon þam
blindan, and heton þæt he stille wære.   Seo menigu getac-
80 niaþ ure unlustas and leahtras þe us hremmaþ, and ure
heortan ofsittaþ, þæt we ne magon us swa geornlice gebid-
dan swa we behofedon.   Hit gelimpþ gelomlice, þonne se
man wile yfeles geswican, and his synna gebetan, and mid
eallum mode to Gode gecyrran, þonne cumaþ þa ealdan
85 leahtras þe hé ær geworhte, and hí gedrefaþ his mod, and
willaþ gestillan his stemne, þæt he to Gode ne clypige.   Ac
hwæt dyde se blinda, þa þa þæt folc hine wolde gestyllan?
He hrymde þæs þe swiþor, oþ þæt se Hælend his stemne
gehyrde, and hine gehælde.   Swa we sceolon eac dón, gif
90 us deofol drecce mid menigfealdum geþohtum and cost-
nungum: we sceolon hryman swiþor and swiþor to þam
Hælende, þæt he todræfe þa yfelan costnunga fram ure
heortan, and þæt he onlihte ure mod mid his gife.   Gif we

þonne þurhwuniaþ on urum gebedum, þonne mage we gedon
mid urum hreame þæt se Hælend stent, se þe ær eode, and 95
wile gehyran ure clypunge, and ure heortan onlihtan mid
godum and mid clænum geþohtum. Ne magon þa yfelan
geþohtas ús derian, gif hi ús ne liciaþ; ac swa ús swiþor
deofol bregþ mid yfelum geþohtum, swa we beteran beoþ,
and Gode leofran, gif we þone deofol forseoþ and ealle his 100
costnunga, þurh Godes fultum.

Hwæt is þæs Hælendes stede, oþþe hwæt is his fær? He
ferde þurh his menniscnysse, and he stod þurh þa godcund-
nysse. He ferde þurh þa menniscnysse, swa þæt he wæs
acenned, and ferde fram stowe to stowe, and deaþ þrowade, 105
and of deaþe arás, and astah to heofenum. Þis is his fær.
He stent þurh þa godcundnysse; for þon þe hé is þurh his
mihte æghwær andweard, and ne þearf na faran fram stowe
to stowe; for þon þe hé is on ælcere stowe þurh his god-
cundnysse. Þa þa he ferde, þa gehyrde he þæs blindan 110
clypunge; and þa þa he stod, þa forgeaf he him gesihþe;
for þan þurh þa menniscnysse he besargaþ ures modes
blindnysse, and þurh þa godcundnysse he forgifþ us leoht,
and ure blindnysse onliht. He cwæþ to þam blindan men,
'Hwæt wilt þu þæt ic þe do?' Wenst þu þæt hé nyste 115
hwæt se blinda wolde, se þe hine gehælan mihte? Ac he
wolde þæt se blinda bæde; for þon þe hé tiht ælcne swiþe
gemaglice to gebedum: ac hwæþere he cwyþ on oþre stowe,
'Eower heofenlica Fæder wat hwæs ge behofiaþ, ær þan þe
ge hine æniges þinges biddan,' þeahhwæþere wile se goda 120
God þæt we hine georne biddon; for þan þurh þa gebedu
biþ ure heorte onbryrd and gewend to Gode.

Þa cwæþ se blinda, 'La leof, do þæt ic mæge geseon.'
Ne bæd se blinda naþor ne goldes, ne seolfres, ne nane
woruldlice þing, ac bæd his gesihþe. For nahte he tealde 125
ænig þing to biddenne buton gesihþe; for þan þeah se blinda

sum þing hæbbe, he ne mæg butan leohte geseon þæt he
hæfþ. Uton for þi geefenlæcan þisum men, þe wæs gehæled
fram Criste, ægþer ge on lichaman ge on sawle : ne bidde we
130 na lease welan, ne gewitenlice wurþmyntas ; ac uton biddan
leoht æt urum Drihtne : na þæt leoht þe biþ geendod, þe biþ
mid þære nihte todræfed, þæt þe is gemæne ús and nytenum ;
ac uton biddan þæs leohtes þe we magon mid englum anum
geseon, þæt þe næfre ne biþ geéndod.   To þam leohte soþ-
135 lice ure geleafa us sceal gebringan, swa swa Crist cwæþ to
þam blindan menn, ' Lóca nu, þin geleafa þe gehælde.'

Nu smeaþ sum ungeleafful man, Hu mæg ic gewilnian þæs
gastlican leohtes, þæt þæt ic geseon ne mæg ?   Nu cweþe ic
to þam menn, þæt þa þing þe hé understynt and undergytan
140 mæg, ne undergyt he ná þa þing þurh his lichaman, ac þurh
his sawle ; þeahhwæþere ne gesihþ nan man his sawle on
þisum life.   Heo is ungesewenlic, ac þeahhwæþere heo wis-
saþ þone gesewenlican lichaman.   Se lichama, þe is gese-
wenlic, hæfþ lif of þære sawle, þe is ungesewenlic.   Gewíte
145 þæt ungesewenlice ut, þonne fylþ adune þæt gesewenlice ;
for þan þe hit ne stod na ær þurh hit sylf.   Þæs lichoman lif
is seo sawul, and þære sawle lif is God.   Gewite seo sawul
ut, ne mæg se muþ clypian, þeah þe hé gynige ; ne eage
geseon, þeah þe hit open sy ; ne nán lim[1] ne deþ nan þing,
150 gif se lichama biþ sawulleas.   Swa eac seo sawul, gif God hí
forlæt for synnum, ne deþ heo nan þing to góde.   Ne mæg
nan man nan þing to góde gedon butan Godes fultume.   Ne
biþ seo synfulle sawul na mid ealle to nahte awend, þeah þe
heo gode adeadod sy ; ac heo biþ dead ælcere duguþe and
155 gesælþe, and biþ gehealden to þam ecan·deaþe, þær þær heo
æfre biþ on pinungum wunigende, and þeahhwæþere næfre
ne ateoraþ.

Hu mæg þe nú twynian þæs ecan leohtes, þeah hit unge-

---

[1] limn.

sewenlic sy, þonne þu hæfst líf of ungesewenlicre sawle, and
þe ne twynaþ nan þing þæt þu sawle hæbbe, þeah þu hi 160
geseon ne mage? Se blinda, þa þa hé geseon mihte, þa
fyligde he þam Hælende. Se man gesihþ, and fyliþ Gode,
se þe cann understandan God, and gód weorc wyrcþ. Se
man gesihþ, and nele Gode fylian, se þe understent God,
and nele gód wyrcan. Ac uton understandan God, and gód 165
weorc wyrcean: uton behealdan hwíder Crist gange, and
him fylian; þæt is þæt we sceolon smeagan hwæt hé tæce,
and hwæt him licige, and þæt mid weorcum gefyllan, swa
swa hé sylf cwæþ, 'Se þe me þenige, fylige hé me;' þæt is,
geefenlæce he me, and onscunige ælc yfel, and lufige ælc gód, 170
swa swa ic do. Ne teah Crist him na to on þisum life land
ne welan, swa swa he be him sylfum cwæþ, 'Deor habbaþ
hola, and fugelas habbaþ nest, hwær hí restaþ, and ic næbbe
hwider ic ahylde min heafod.' Swa micel he hæfde swa he
rohte, and leofode be oþra manna æhtum, se þe ealle þing áh. 175

We rædaþ on Cristes bec þæt þæt folc rædde be him, þæt
hí woldon hine gelæccan, and ahebban to cyninge, þæt he
wære heora heafod for worulde, swa swa he wæs godcundlice.
Þa þa Crist ongeat þæs folces willan, þa fleah hé anstandende
to anre dúne, and his geferan gewendon to sæ, and se Hælend 180
wæs up on lande. Þa on niht eode se Hælend up on þam
wætere mid drium fotum, oþ þæt he com to his leorning-
cnihtum, þær þær hí wæron on rewute. He forfleah þone
woruldlican wurþmynt, þa þa he wæs to cyninge gecoren; ac
he ne forfleah na þæt edwit and þone hosp, þa þa þa Iudeis- 185
can hine woldon on rode ahón. He nolde his heafod befon
mid gyldenum cynehelme, ac mid þyrnenum, swa swa hit
gedon wæs on his þrowunge. He nolde on þissum life rixian
hwilwendlice, se þe ecelice rixaþ on heofonum. Nis þeos
woruld na ure eþel, ac is ure wræcsiþ; for þi ne sceole we 190
na besettan urne hiht on þissum swicelum life, ac sceolon

efstan mid godum geearnungum to urum eþele, þær we to
gesceapene wæron, þæt is, to heofenan rice.

Soþlice hit is awriten, 'Swa hwa swa wile beon freond
195 þisre worulde, se biþ geteald Godes feond.' Crist cwæþ on
sumre stowe þæt 'Se weig is swiþe nearu and sticol, se þe
læt to heofonan rice; and se is swiþe rúm and smeþe, se þe
læt to helle wite.' Se weig se þe læt to heofenan rice is
for þi nearu and sticol, for þi þæt we sceolon mid earfoþ-
200 nysse geearnian urne eþel. Gif we hine habban willaþ, we
sceolon lufian mildheortnysse, and clænnysse, and soþfæst-
nysse, and rihtwisnysse, and eadmodnysse, and habban soþe
lufe to Gode and to mannum, and don ælmessan be ure
mæþe, and habban gemet on urum bigleofan, and gehwilce
205 oþere halige þing began. Þas þing we ne magon don butan
earfoþnyssum; ac gif we hi doþ, þonne mage we mid þam
geswincum, þurh Godes fultum, astigan þone sticolan weg
þe ús gelæt to þam ecan life. Se weg se þe læt to forwyrde
is for þi brad and smeþe, for þi þe únlustas gebringaþ þone
210 man to forwyrde. Him biþ swiþe softe, and nan geswinc
þæt he fylle his galnysse, and druncennysse, and gytsunge
begange and modignysse, and þa unstrangan berype, and
dón swa hwæt swa hine lyst: ac þas unþeawas and oþre
swilce gelædaþ hine butan geswince to ecum tintregum,
215 buton he ær his ende yfeles geswice, and gód wyrce. Dysig
biþ se wegferenda man se þe nimþ þone smeþan weg þe
hine mislæt, and forlæt þone sticolan þe hine gebrincþ to
þære byrig. Swa eac we beoþ soþlice ungerade, gif we
lufiaþ þa sceortan softnysse and þa hwilwendlican lustas to
220 þan swiþe þæt hi us gebringan to þam ecan pinungum. Ac
uton niman þone earfoþran weg, þæt we her sume hwile
swincon, to þy þæt we ecelice beon butan geswince. Eaþe
mihte Crist, gif he wolde, on þisum life wunian butan earfoþ-
nyssum, and faran to his ecan rice butan þrowunge, and

butan deaþe; ac he nolde. Be þam cwæþ Petrus se apostol, 225
'Crist þrowode for us, and sealde us bysne, þæt we sceolon
fyligan his fotswaþum;' þæt is, þæt we sceolon sum þing
þrowian for Cristes lufon, and for urum synnum. Wel
þrowaþ se man, and Gode gecwemlice, se þe winþ ongean
leahtras, and godnysse gefremaþ, swa swa he fyrmest mæg. 230
Se þe nan þing nele on þissum life þrowian, he sceal þrowian
unþances wyrsan þrowunga on þam toweardan life.

Nu genealæcþ clæne tid and halig, on þære we sceolon
ure gimeleaste gebetan: cume for þi gehwa cristenra manna
to his scrifte, and his diglan gyltas geandette, and be his 235
lareowes tæcunge gebete; and tihte ælc oþerne to góde mid
gódre gebysnunge, þæt eal folc cweþe be ús, swa swa be .
þam blindan gecweden wæs, þa þa his eagan wæron onlihte;
þæt is, 'Eall folc þe þæt wundor geseah, herede God, se þe
leofaþ and rixaþ á butan ende. Amen.' 240

VII.

THE FIRST SUNDAY IN LENT.

Ic wolde eow trahtnian þis godspel þe mann nu beforan
eow rædde, ac ic ondræde þæt ge ne magon þa micelan
deopnysse þæs godspelles swa understandan swa hit geda-
fenlic sy. Nu bidde ic eow þæt ge beon geþyldige on
eowerum geþance, oþ þæt we þone traht mid Godes fylste 5
oferrædan magon.

'Se Hælend wæs gelæd fram þam Halgan Gaste to anum
westene, to þy þæt he wære gecostnod fram deofle: and he
þa fæste feowertig daga and feowertig nihta, swa þæt he ne
onbyrigde ætes ne wætes on eallum þam fyrste: ac siþþan 10
him hingrode. Þa genealæhte se costnere, and him to cwæþ,
'Gif þu sy Godes Sunu, cweþ to þisum stanum þæt hi beon

awende to hlafum.' Þa andwearde se Hælend, and cwæþ,
'Hit is awriten, Ne leofaþ se mann na be hlafe anum, ac
15 lyfaþ be eallum þam wordum þe gaþ of Godes muþe.' Þa
genam se deofol hine, and gesette hine uppan þam scylfe þæs
heagan temples, and cwæþ, 'Gif þu Godes Sunu sy, feall nu
adún: hit is awriten þæt englum is beboden be þe þæt hi
þe on hira handum ahebbon, þæt þu furþon ne þurfe þinne
20 fot æt stane ætspurnan.' Þa cwæþ se Hælend eft him to,
'Hit is awriten, 'Ne fanda þines Drihtnes.' Þa genam se
deofol hine eft, and gesette hine uppan anre swiþe heahre
dune, and æteowde him ealles middangeardes welan, and his
wuldor, and cwæþ him to, 'Ealle þas þing ic forgife þe, gif
25 þu wilt feallan to minum fotum and gebiddan þe to me.'
Þa cwæþ se Hælend him to, 'Ga þu underbæcc, sceocca!
Hit is awriten, Gehwá sceal hine gebiddan to his Drihtne
anum, and him anum þeowian.' Þa forlet se deofol hine,
and him comon englas to, and him þenodon.'

30 Se Halga Gast lædde þone Hælend to þam westene, to
þy þæt he wære þær gecostnod. Nu wundraþ gehwá hú se
deofol dorste genealæcan to þam Hælende, þæt he hine
costnode; ac hé ne dorste Cristes fándian, gif him alyfed
nære. Se Hælend com to mancynne for þi þæt he wolde
35 ealle ure costnunga oferswiþan mid his costnungum, and
oferswiþan urne þone ecan deaþ mid his hwilwendlicum
deaþe. Nu wæs he swa eadmod þæt he geþafode þam
deofle þæt he his fandode, and he geþafode lyþrum mannum
þæt hi hine ofslogon. Deofol is ealra unrihtwisra manna
40 heafod, and þa yfelan men sind his lima: nu geþafode God
þæt þæt heafod hine costnode, and þæt þa limu hine
ahengon.

Þam deofle wæs micel twynung, hwæt Crist wære. His
líf næs na gelógod swa swa oþra manna líf. Crist ne æt mid
45 gyfernysse, ne he ne dránc mid oferflowendnysse, ne his eagan

ne ferdon worigende geond mislice lustas. Þa smeade se
deofel hwæt he wære; hwæþer he wære Godes sunu, se þe
manncynne behaten wæs. Cwæþ þa on his geþance, þæt he
fandian wolde hwæt he wære. Þa fæste Crist feowertig daga
and feowertig nihta on án, þa on eallum þam fyrste ne cwæþ 50
se deofol to him þæt he etan sceolde, for þan þe hé geseh þæt
him nan þing ne hingrode. Eft, þa þa Crist hingrode æfter
swa langum fyrste, þa wende se deofol soþlice þæt he God
nære, and cwæþ to him, ' Hwi hingraþ þe ? Gif þu Godes
sunu sy, wend þas stanas to hlafum, and et.' 55

Eaþe mihte God, se þe awende wæter to wine, and se þe
ealle gesceafta of nahte geworhte, eaþelice he mihte awendan
þa stanas to hlafum : ac he nolde nan þing don be þæs
deofles tæcunge ; ac cwæþ him to andsware, ' Ne lifaþ na se
man be hlafe anum, ac lifaþ be þam wordum þe gaþ of 60
Godes muþe.' Swa swa þæs mannes lichama leofaþ be
hlafe, swa sceal his sawul lybban be Godes wordum, þæt is,
be Godes lare, þe he þurh wise menn on bocum gesette.
Gif se lichama næfþ mete, oþþe ne mæg mete þicgean,
þonne forweornaþ he, and adeadaþ ; swa eac seo sawul, gif 65
heo næfþ þa halgan lare, heo biþ þonne weornigende and
mægenleas. Þurh þa halgan lare heo biþ strang and onbryrd
to Godes willan.

Þa wæs se deofol æne oferswiþed fram Criste. ' And he
þa hine genam, and bær upp on þæt templ, and hine sette æt 70
þam scylfe, and cwæþ to him, ' Gif þu Godes Sunu sy, sceot
adún ; for þan þe englum is beboden be þe, þæt hí þe on
handum ahebban, þæt þu ne þurfe þinne fót æt stane æt-
spurnan.' Her begánn se deofol to reccanne halige gewritu,
and he leah mid þære race ; for þan þe hé is leas, and nan 75
soþfæstnys nis on him ; ac he is fæder ælcere leasunge. Næs
þæt na awriten be Criste þæt hé þa sæde, ac wæs awriten be
halgum mannum : hí behofiaþ engla fultumes on þissum

life, þæt se deofol hí costnian ne mote swa swiþe swa he
80 wolde: Swa hold is God mancynne, þæt he hæfþ geset his
englas us to hyrdum, þæt hí ne sceolon na geþafian þám
reþum deoflum þæt hí ús fordon magon. Hi moton ure
afandian, ac hí ne moton us nydan to nanum yfle, buton we
hit sylfe agenes willan dón, þurh þa yfelan tihtinge þæs
85 deofles. We ne beoþ na fulfremede buton we beon afandode:
þurh þa fandunge we sceolon geþeon, gif we æfre wiþsacaþ
deofle, and eallum his larum; and gif we genealæcaþ urum
Drihtne mid geleafan, and lufe, and godum weorcum; gif we
hwær aslidon, arisan eft þærrihte, and betan georne þæt þær
90 tobrocen biþ.

Crist cwæþ þa to þam deofle, 'Ne sceal man fandigan his
Drihtnes.' Þæt wære swiþe gilplic dǽd gif Críst scute þa
adún, þeah þe he eaþe mihte butan awyrdnysse his lima
nyþer asceotan, se þe gebigde þone heagan heofenlican
95 bigels; ac he nolde nan þing dón mid gylpe; for þon þe se
gylp is an heafodleahter; þa nolde he adún asceotan, for þon
þe he onscunode þone gylp; ac cwæþ, 'Ne sceal man his
Drihtnes fandian.' Se man fándaþ his Drihtnes se þe mid
dyslicum truwan and mid gylpe sum wundorlic þing on
100 Godes naman dón wile, oþþe se þe sumes wundres dyslice
and butan neode æt Gode abiddan wile. Þa wæs se deofol
oþere siþe þurh Cristes geþyld oferswiþed.

'Þa genám he hine eft, and abær hine úpp on ane dune,
and ætywde him ealles middangeardes welan and his wuldor,
105 and cwæþ to him, "Ealle þas þing ic forgife þe, gif þu wilt
afeallan to minum fotum, and þe to me gebiddan."' Dyrste-
lice spræc se deofol her, swa swa he ær spræc, þa þa he on
heofenum wæs, þa þa hé wolde dælan heofonan rice wiþ his
Scyppend, and beon Gode gelíc; ac his dyrstignys híne
110 awearp þa into helle; and eac nu his dyrstignys hine ge-
niþerode, þa þa he þurh Cristes þrowunge forlet mancynn of

his anwealde. He cwæþ, 'Þas þing ic forgife þe.' Him
þuhte þæt he ahte ealne middangeard; for þon þe him ne
wiþstod nan man ær þam þe Crist com þe hine gewylde.

Hit is awriten on halgum bocum, 'Eorþe and eall hire 115
gefyllednys, and eal ymbhwyrft, and þa þe on þam wuniaþ,
ealle hit syndon Godes æhta,' and na deofles. Þeahhwæþere
Crist cwæþ on his godspelle be þam deofle, þæt he wære
middangeardes ealdor, and he sceolde beon útadræfed. He
is þæra manna ealdor þe lufiaþ þisne middangeard, and ealne 120
heora hiht on þissum lífe besettaþ, and heora Scyppend for-
seoþ. Ealle gesceafta, sunne, and mona, and ealle tunglan,
land, and sǽ, and nytenu, ealle hí þeowiaþ hyra Scyppende ;
for þon þe hí faraþ æfter Godes dihte. Se lyþra man ána,
þonne he forsihþ Godes beboda and fullgǽþ deofles willan, 125
oþþe þurh gytsunge, oþþe þurh leasunge, oþþe þurh graman,
oþþe þurh oþre leahtras, þonne biþ he deofles þeowa, þonne
he deofle gecwemþ, and þone forsihþ þe hine geworhte.

'Crist cwæþ þa to þam deofle, "Ga þu underbæcc,
sceocca ! Hit is awriten, Man sceal hine gebiddan to his 130
Drihtne, and him anum þeowian."' Quidam dicunt non
dixisse Salvatorem, 'Satane, vade retro,' sed tantum 'Vade':
sed tamen in rectioribus et vetustioribus exemplaribus habe-
tur, 'Vade retro Satanas,' sicut interpretatio ipsius nominis
declarat; nam diabolus 'Deorsum ruens' interpretatur. 135
Apostolo igitur Petro dicitur a Christo, 'Vade retro me,' id
est, 'Sequere me.' Diabolo non dicitur, 'Vade retro me,'
sed, 'Vade retro,' sicut jam diximus, et sic scripsit beatus
Hieronimus, in una epistola. He cwæþ to þam deofle, 'Ga
þu underbæc.' Deofles nama is gereht 'Nyþer-hreosende.' 140
Nyþer he ahreas, and under bæc he eode fram frimþe his
anginnes, þa þa he wæs ascyred fram þære heofonlican
blisse; on hinder he eode eft þurh Cristes tocyme ; on hinder
he sceal gán on domes dæge, þonne he biþ belocen on helle

145 wite on écum fyre, he and ealle his geferan; and hí næfre
siþþan út brecan ne magon.

Hit is awriten on þære ealdan ǽ þæt nan man ne sceal
hine gebiddan to nanum deofelgylde, ne to nanum þinge
buton to Gode anum; for þon þe nán gesceaft nys wyrþe
150 þæs wurþmyntes buton se ana se þe Scyppend is ealra þinga;
to him anum we sceolon ús gebiddan: he ana is soþ Hlaford
and soþ God. We biddaþ þingunga æt halgum mannum,
þæt hi sceolon ús þingian to heora Drihtne and to urum
Drihtne; ne gebidde we ná, þeahhwæþere, us to him, swa
155 swa we to Gode doþ, ne hi þæt geþafian nellaþ; swa swa se
engel cwæþ to Iohanne þam apostole, þa þa he wolde feallan
to his fotum: he cwæþ, 'Ne do þu hit na, þæt þu to me
abuge. Ic eom Godes þeowa, swa swa þu and þine gebro-
þra: gebide þe to Gode anum.'
160   'Þa forlét se deofol Crist, and him comon englas to, and
him þenodon.' He wæs gecostnod swa swa mann, and
æfter þære costnunge him comon halige englas to, and him
þenodon, swa swa heora Scyppende. Buton se deofol gesawe
þæt Crist man wære, ne gecostnode he hine; and buton he
165 soþ God wære, noldon þa englas him þenian. Mycel wæs
ures Hælendes eaþmodnys and his geþyld on þisre dæde.
He mihte mid anum worde besencan þone deofol on þære
deopan nywelnysse; ac hé ne æteowde his mihte, ac mid
halgum gewritum he andwyrde þam deofle, and sealde us
170 bysne mid his geþylde, þæt swa oft swa we fram þwyrum
mannum ænig þing þrowiaþ, þæt we sceolon wendan ure
mod to Godes lare swiþor þonne to ænigre wrace.

On þreo wisan biþ deofles costnung: þæt is on tihtinge,
on lustfullunge, on geþafunge. Deofol tiht ús to yfele, ac
175 we sceolon hit onscunian, and ne geniman nane lustfullunge
to þære tihtinge: gif þonne ure mod nimþ gelustfullunge,
þonne sceole we huru wiþstandan, þæt þær ne beo nán ge-

þafung to þam yfelan weorce. Seo yfele tihting is of deofle;
þonne biþ oft þæs mannes mód gebiged to þære lustfullunge,
hwilon eac aslít to þære geþafunge; for þon þe we sind of 180
synfullum flæsce acennede. Næs na se Hælend on þa wisan [1]
gecostnod; for þon þe he wæs of mædene acenned buton
synne, and næs nan þing þwyrlices on him. He mihte beon
gecostnod þurh tihtinge, ac nan lustfullung ne hrepede his
mod. Þær næs eac nan geþafung, for þon þe þær næs nan 185
lustfullung; ac wæs þæs deofles costnung for þy eall wiþutan,
and nán þing wiþinnan. Ungewiss com se deofol to Criste,
and ungewiss he eode aweig; for þan þe se Hælend ne ge-
swutulode na him his mihte, ac oferdráf hine geþyldelice mid
halgum gewritum. 190

Se ealda deofol gecostnode urne fæder Adám on þreo
wisan: þæt is mid gyfernysse, and mid idelum wuldre, and
mid gitsunge; and þa wearþ he oferswiþed, for þon þe he
geþafode þam deofle on eallum þam þrim costnungum. Þurh
gyfernysse he wæs oferswiþed, þa þa he þurh deofles lare æt 195
þone forbodenan æppel. Þurh ídel wuldor he wæs ofer-
swiþed, þa þa he gelyfde þæs deofles wordum, þa þa hé cwæþ,
'Swa mære ge beoþ swa swa englas, gif ge of þam treowe
etaþ.' And hí þa gelyfdon his leasunge, and woldon mid
idelum gylpe beon beteran þonne hí gesceapene wæron: þa 200
wurdon hí wyrsan. Mid gytsunge he wæs oferswiþed, þa þa
se deofol cwæþ to him, 'And ge habbaþ gescead ægþer ge
gódes ge ýfeles.' Nis na gytsung on feo anum, ac is eac on
gewilnunge micelre geþincþe.

Mid þam ylcum þrim þingum þe se deofol þone frum- 205
sceapenan mann oferswiþde, mid þam ylcan Crist oferswiþde
híne, and astrehte. Þurh gyfernysse fandode se deofol
Cristes, þa þa he cwæþ, 'Cweþ to þysum stanum þæt hí
beon to hlafum awende, and et.' Þurh idel wuldor he fand-

---

[1] wison.

210 ode his, þa þa he hine tihte þæt hé sceolde sceotan nyþer of
þæs temples scylfe.   Þurh gitsunge hé fandode his, þa þa he
mid leasunge him behet ealles middangeardes welan, gif he
wolde feallan to his fotum.   Ac se deofol wæs þa oferswiþed
þurh Crist on þam ylcum gemetum þe he ær Adam ofer-
215 swiþde ; þæt he gewite fram urum heortum mid þam innfære
gehæft mid þam þe he inn afaren wæs and us gehæfte.

We gehyrdon on þisum godspelle þæt ure Drihten fæste
feowertig daga and feowertig nihta on án.   Þa þa he swa
lange fæste, þa geswutelode he þa micelan mihte his god-
220 cundnysse, þurh þa he mihte on eallum þisum andweardum
life butan eorþlicum mettum lybban, gif he wolde.   Eft,
þa þa him hingrode, þa geswutelode he þæt hé wæs soþ man,
and for þi metes behofode.   Moyses se heretoga fæste eac
feowertig daga and feowertig nihta, to þi þæt he moste un-
225 derfon Godes æ ; ac he ne fæste na þurh his agene mihte, ac
þurh Godes.   Eac se witega Elias fæste ealswa lange eac
þurh Godes mihte, and siþþan wæs genumen butan deaþe of
þisum life.

Nu is þis fæsten eallum cristenum mannum geset to heal-
230 denne on ælces geares ymbryne ; ac we moton ælce dæg
ures metes brucan mid forhæfednysse, þæra metta þe alyfede
sind.   Hwí is þis fæsten þus geteald þurh feowertig daga ?
On eallum geare sind getealde þreo hund daga and fif and
sixtig daga ; þonne, gif we teoþiaþ þas gearlican dagas,
235 þonne beoþ þær six and þritig teoþingdagas ; and fram þisum
dæge oþ þone halgan Easterdæg sind twa and feowertig daga :
dó þonne þa six sunnandagas of þam getele, þonne beoþ þa
six and þritig þæs geares teoþingdagas ús to forhæfednysse
getealde.

240   Swa swa Godes æ ús bebyt þæt we sceolon ealle þa þing
þe us gesceotaþ of úres geares teolunge Gode þa teoþunge
syllan, swa we sceolon eac on þisum teoþingdagum urne

lichaman mid forhæfednysse Gode to lofe teoþian. We
sceolon ús gearcian on eallum þingum swa swa Godes þenas,
æfter þæs apostoles tæcunge, on micclum geþylde, and on
halgum wæccum, on fæstenum, and on clænnysse modes and 245
lichaman. Lætaþ aweg ealle saca, and ælc geflitt, and
gehealdaþ þas tid mid sibbe and mid soþre lufe ; for þon ne
biþ nan fæsten Gode andfenge butan sibbe. And doþ swa
swa God tæhte, tobrec þinne hláf, and syle þone oþerne dæl
hungrium men, and læd into þinum huse wǽdlan, and þa 250
earman ælfremedan men, and gefrefra hí mid þinum godum.
Þonne þu nacodne geseo, scryd hine, and ne forseoh þin agen
flæsc. Se mann þe fæst buton ælmyssan, hé deþ swilce hé
sparige his mete, and eft ett þæt hé ær mid forhæfednysse
foreode ; ac þæt fæsten tælþ God. Ac gif þu fæstan wille 255
Gode to gecwemednysse, þonne gehelp þu earmra manna
mid þam dæle þe þu þe sylfum oftihst, and eac mid maran,
gif þe to onhagige. Forbúgaþ idele spellunge, and dyselice
blissa, and bewepaþ eowre synna ; for þon þe Crist cwæþ,
' Wá eow þe nu hlihgaþ, ge sceolon heofian and wepan.' 260
Eft he cwæþ, ' Eadige beoþ þa þe nu wepaþ, for þon þe hi
sceolon beon gefrefrode.'

We lybbaþ mislice on twelf monþum : nu sceole we ure
gymeleaste on þysne timan geinnian, and lybban Gode, we
þe oþrum timan us sylfum leofodon. And swa hwæt swa 265
we doþ to góde, uton dón þæt butan gylpe and idelre
herunge. Se mann þe for gylpe hwæt to góde deþ, him
sylfum to herunge, næfþ he þæs nane mede æt Gode, ac
hæfþ his wite. Ac uton dón swa swa God tæhte, þæt ure
godan weorc beon on þa wisan[1] mannum cuþe, þæt hí magon 270
geseon ure gódnysse, and þæt hí wuldrian and herigan
urne heofenlican Fæder, God ælmihtigne, se þe forgilt mid
hundfealdum swa hwæt swa we doþ earmum mannum for

---

[1] wison.

E

his lufan[1], se þe leofaþ and rixaþ á butan ende on ecnysse. Amen.'

VIII.

MIDLENT SUNDAY.

'Se Hælend ferde ofer þa Galileiscan sǽ, þe is gehaten Tyberiadis, and him filigde micel menigu, for þon þe hi beheoldon þa tacna þe hé worhte ofer þa untruman men.   Þa astah se Hælend up on ane dune, and þær sǽt mid his leorn-
5 ingcnihtum, and wæs þa swiþe gehende seo halige Eastertid.   Þa beseah se Hælend up, and geseah þæt þær wæs mycel mennisc toweard, and cwæþ to anum his leorningcnihta, se wæs geháten Philippus, 'Mid hwam mage we bicgan hláf þisum folce?'   Þis he cwæþ to fándunge þæs leorn-
10 ingcnihtes : he sylf wiste hwæt he dón wolde.   Þa andwyrde Philippus, 'Þeah her wæron gebohte twa hund peningwurþ hlafes, ne mihte furþon hyra ælc anne bitan of þam gelæccan.'   Þa cwæþ an his leorningcnihta, se hátte Andreas, Petres broþor, 'Her byrþ án cnapa fif berene hlafas, and
15 twegen fixas, ac to hwán mæg þæt to swa micclum werode?'   Þa cwæþ se Hælend, 'Doþ þæt þæt folc sitte.'   And þær wæs micel gǽrs on þære stowe, myrige on to sittenne.   And hí þa ealle sæton, swa swa mihte beon fíf þusend wera.   Þa genam se Hælend þa fíf hláfas, and bletsode, and tobræc,
20 and todælde betwux þam sittendum ; swa gelíce eac þa fixas todælde ; and hí ealle genoh hæfdon.   Þa þa hí ealle fulle wæron, þa cwæþ se Hælend to his leorningcnihtum, 'Gaderiaþ þa lafe, þæt hí ne losion.'   And hi þa gegaderodon þa bricas, and gefyldon twelf wilian mid þære lafe.   Þæt folc þa
25 þe þis tacen geseah cwæþ þæt Crist wære soþ witega, se þe wæs toweard to þisum middangearde.'

[1] lufon.

Seo sǽ, þe se Hælend oferferde, getacnaþ þas andweardan woruld, to þære com Crist and oferferde; þæt is, he com to þisre worulde on menniscnysse, and þis lif oferferde; he com to deaþe, and of deaþe aras; and astah up on ane dune, 30 and þær sæt mid his leorningcnihtum, for þon þe he astah up to heofenum, and þær sitt nuþa mid his halgum. Riht-lice is seo sǽ wiþmeten þisre worulde, for þon þe heo is hwfltidum smylte and myrige ón to rowenne, hwilon eac swiþe hreoh and egeful on to beonne. Swa is þeos woruld: 35 hwfltidum heo is gesundful and myrige on to wunigenne, hwilon heo is eac swiþe styrnlic, and mid mislicum þingum gemenged, swa þæt heo for oft biþ swiþe unwynsum on to eardigenne. Hwilon we bcoþ hale, hwilon untrume; nu bliþe, and eft on micelre unblisse; for þy is þís lif, swa swa 4c we ær cwædon, þære sǽ wiþmeten.

Þa se Hælend gesæt up on þære dune, þa ahóf hé up his eagan, and geséh þæt þær wæs micel mennisc toweard. Ealle þa þe him to cumaþ, þæt is, þa þe bugaþ to rihtum geleafan, þa gesihþ se Hælend, and þam hé gemiltsaþ, and hyra mod 45 onliht mid his gife, þæt hí magon him to cuman butan ge-dwylde, and þam hé forgifþ þone gastlican fodan, þæt hí ne ateorian be wege. Þa þa he axode Philippum, hwanon hí mihton hláf þam folce gebicgan, þa geswutelode hé Philippes nytennysse. Wel wiste Crist hwæt hé dón wolde, and he 50 wiste þæt Philippus þæt nyste. Þa cwæþ Andreas, þæt an cnapa þær bære fif berene hlafas and twegen fixas. Þa cwæþ se Hælend, ‘Doþ þæt þæt folc sitte,’ and swa for þón swa we eow ær rehton. Se Hælend geseh þæt hungrige folc, and hé hí mildheortlice fedde, ægþer ge þurh his gódnysse 55 ge þurh his mihte. Hwæt mihte seo gódnys ana, buton þær wære miht mid þære godnysse? His discipuli woldon eac þæt folc fedan, ac hí næfdon mid hwam. Se Hælend hæfde þone godan willan to þam fostre, and þa mihte to þære fremminge.

60   Fela wundra worhte God, and dæghwamlice wyrcþ; ac þa
wundrá sind swiþe awácode on manna gesihþe, for þon þe hí
sind swiþe gewunelice.   Mare wundor is þæt God ælmihtig
ælce dæg fét ealne middangeard, and gewissaþ þa gódan,
þonne þæt wundor wære, þæt he þa gefylde fíf þusend manna
65 mid fíf hlafum : ac þæs wundredon men, na for þi þæt hit
mare wundor wære, ac for þi þæt hit wæs ungewunelic.   Hwa
sylþ nu wæstm urum æcerum, and gemenigfylt þæt gerip of
feawum cornum, buton se þe þa gemænigfylde þa fíf hlafas?
Seo miht wæs þa on Cristes handum, and þa fíf hlafas wæron
70 swylce hit sæd wære, na on eorþan besawen, ac gemenigfyld
fram þam þe eorþan geworhte.

Þis wundor is swiþe micel, and deop on getacnungum.
Oft gehwa gesihþ fægre stafas awritene; þonne heraþ he þone
writere and þa stafas, and nat hwæt hi mænaþ.   Se þe cann
75 þæra stafa gescead, he heraþ heora fægernysse, and ræt[1] þa
stafas, and understent hwæt hi gemænaþ.   On oþre wisan
we sceawiaþ metinge, and on oþre wisan stafas.   Ne gæþ na
mare to metinge buton þæt þu hit geseo and herige; nis na
genóh þæt þu stafas sceawige, buton þu hi eac ræde, and
80 þæt andgit understande.   Swa is eac on þam wundre þe
God worhte mid þam fíf hlafum : ne biþ na genoh þæt we
þæs tacnes wundrian, oþþe þurh þæt God herian, buton we
eac þæt gastlice andgit understandon.

Þa fíf hlafas þe se cnapa bær getacniaþ þa fíf bec þe
85 Moyses se heretoga sette on þære ealdan æ.   Se cnapa þe
hi bær, and heora ne onbyrigde, wæs þæt Iudeisce folc, þe
þa fíf bec ræddon, and ne cuþe þærón nan gastlic andgit, ær
þan þe Crist com, and þa béc geopenode, and hyra gastlice
andgit onwreah his leorningcnihtum, and hi siþþan eallum
90 cristenum folce.   We ne magon nu ealle þa fíf béc areccan,

_____
[1] ræd.

ac we secgaþ eow þæt God sylf hi dihte, and Moyses hí
awrát, to steore and to lare þam ealdan folce Israhel, and
eac ús on gastlicum andgite. Þa bec wæron awritene be
Criste, ac þæt gastlice andgit wæs þam folce digle, oþ þæt
Crist sylf com to mannum, and geopenede þæra boca digel- 95
nysse, æfter gastlicum andgite.

Alii evangelistae ferunt, quia panes et pisces Dominus dis-
cipulis distribuisset, discipuli autem ministraverunt turbis.
He tobrǽc þa fíf hlafas and sealde his leorningcnihtum, and
het beran þam folce; for þon þe hé tæhte him þa gastlican 100
láre; and hí ferdon geond ealne middangeard, and bodedon,
swa swa him Crist sylf tæhte. Mid þam þe hé tobræc þa
hlafas, þa wæron hí gemenigfylde, and weoxon him on handum;
um; for þon þe þa fíf bec wurdon gastlice asmeade, and
wise lareowas hí trahtnodon, and setton of þam bocum 105
manega oþre béc; and we mid þæra boca lare beoþ dæg-
hwomlice gastlice gereordode.

Þa hláfas wæron berene. Bere is swiþe earfoþe to gear-
cigenne, and þeahhwæþere fet þone mann, þonne hé gearo
biþ. Swa wæs seo ealde ǽ swiþe earfoþe and digle to under- 110
standenne; ac þeahhwæþere, þonne we cumaþ to þam smed-
man, þæt is to þære getacnunge, þonne gereordaþ heo ure
mod, and gestrángaþ mid þære diglan lare. Fif hlafas þær
wæron, and fif þusend manna þær wæron gereordode; for
þan þe þæt Iudeisce folc wæs underþeodd Godes ǽ, þe stód 115
on fif bocum awriten. Þa þa Crist axode Philippum, and he
his afandode, swa swa we ær ræddon, þa getacnode he mid
þære acsunge þæs folces nytennysse, þe wæs under þære ǽ,
and ne cuþe þæt gastlice andgit þe on þære ǽ bediglod
wæs. 120

Þa twegen fixas getácnodon sealmsang and þæra witegena
cwydas. An þæra gecýdde and bodode Cristes tocyme mid

sealmsange, and oþer mid witegunge.   Nu sind þa twá ge-
setnyssa, þæt is, sealmsang and witegung, swylce hí syflinge
125 wæron to þam fíf berenum hlafum, þæt is, to þam fíf ǽlicum
bocum.   Þæt folc, þe þær gereordode, sǽt úp on þam gærse.
Þæt gærs getacnode flæsclice gewilnunge, swa swa se wítega
cwæþ, 'Ælc flæsc is gærs, and þæs flæsces wuldor is swilce
wyrta blostm.'   Nu sceal gehwá, se þe wile sittan æt Godes
130 gereorde, and brucan þære gastlican lare, oftredan þæt gærs
and ofsittan, þæt is, þæt hé sceal þa flæsclican lustas gewyl-
dan, and his lichaman to Godes þeowdome symle gebígan.

   Þær wæron geteálde æt þam gereorde fíf þusend wera ;
for þon þe þa menn þe to þam gastlican gereorde belimpaþ
135 sceolon beon werlice geworhte, swa swá se apostol cwæþ :
he cwæþ, 'Beoþ wacole, and standaþ on geleafan, and on-
ginnaþ werlice, and beoþ gehyrte.'   Þeah, gif wifmann biþ
werlice geworht, and strang to Godes willan, heo biþ þonne
geteald to þam werum þe æt Godes mysan sittaþ.   Þusend
140 getel biþ fulfremed, and ne astihþ nán getel ofer þæt.   Mid
þam getele biþ getácnod seo fulfremednys þæra manna þe
gereordiaþ heora sawla mid Godes láre.

   'Se Hælend het þa gegadrian þa láfe, þæt hí losian ne
sceoldon ; and hí þa gefyldon twelf wilion mid þam bricum.'
145 Þa lafe þæs gereordes, þæt sind þa deopnyssa þære lare þe
woroldmen understandan ne magon, þa sceolon þa lareowas
gegaderian, þæt hí ne losian, and healdan on heora fætelsum,
þæt is, on heora heortan, and habban æfre gearo, to teonne
forþ þone wisdom and þa lare ægþer ge þære ealdan ǽ ge
150 þære niwan.   Hí þa gegaderodon twelf wilian fulle mid þam
bricum.   Þæt twelffealde getel getacnode þa twelf apostolas ;
for þan þe hi underfengon þa digelnyssa þære lare, þe þæt
læwede folc undergitan ne mihte.

   'Þæt folc þa, þe þæt wundor geseah, cwædon be Criste,
155 þæt he wære soþ witega, þe toweard wæs.'   Soþ hí sædon,

sumera þinga : wítega hé wæs, for þan þe hé wiste ealle to-
wearde þing, and eac fela þing wítegode, þe beoþ gefyllede
butan twyn. He is witega, and he is ealra witegena[1] wite-
gung, for þan þe ealle wítegan be him witegodon, and Crist
gefylde heora ealra witegunga. Þæt folc geseah þa þæt wun- 160
dor, and hí þæs swiþe wundredon. Þæt wundor is awriten,
and we hit gehyrdon. Þæt þe on him heora eagan gedydon,
þæt deþ ure geleafa on ús. Hi hit gesawon, and we his ge-
lyfaþ þe hit ne gesawon ; and we sind for þi beteran getealde,
swa swa se Hælend be ús on oþre stowe cwæþ, ' Eadige 165
beoþ þa þe me ne geseoþ, and hi hwæþere gelyfaþ on me,
and mine wundra mærsiaþ.'

Þæt folc cwæþ þa be Criste, þæt he wære soþ witega. Nu
cweþe we be Criste, þæt he is þæs lifigendan Godes sunu,
se þe wæs toweard to alysenne ealne middangeard fram 170
deofles anwealde, and fram helle wíte. Þæt folc ne cuþe
þæra goda, þæt hí cwædon þæt he God wære, ac sædon
þæt he witega wære. We cweþaþ nu, mid fullum geleafan,
þæt Crist is soþ witega, and ealra witegena witega, and þæt
he is soþlice þæs ælmihtigan Godes sunu, ealswa mihtig swa 175
his fæder, mid þam hé leofaþ and rixaþ on annysse þæs
Halgan Gastes, a butan ende on ecnysse. Amen.

IX.

ST. GREGORY.

Gregorius se hálga papa, Engliscre þeode apostol, on
þisum andwerdan dæge, æfter menigfealdum gedeorfum and
halgum gecnyrdnyssum, Godes ríce gesæliglice astáh. He
is rihtlice Engliscre þeode apostol, for þan þe he þurh his
ræd and sánde ús fram deofles biggengum ætbræd, and to 5

---

[1] witegana.

Godes geleafan gebigde. Manega hálige bec cyþaþ his
drohtnunge and his halige líf, and eac [*H*]*istoria Anglorum*,
þa þe Ælfred cyning of Ledene on Englisc awende. Seo
bóc sprecþ genoh swutelice be þisum halgan were. Nu
10 wylle we sum þing scortlice eow be him gereccan, for þan
þe seo foresæde bóc nis eow eallum cuþ, þeah þe heo on
Englisc awend sy.

Þes eadiga papa Gregorius wæs of æþelborenre mægþe
and eawfæstre acenned; Romanisce witan wæron his magas;
15 his fæder hatte Gordianus, and Felix, se eawfæsta papa, wæs
his fifta fæder. He wæs, swa swa we cwædon, for worulde
æþelboren, ac hé oferstáh his æþelborennysse mid halgum
þeawum, and mid godum weorcum geglengde. Gregorius
is Grecisc nama, se swéigþ on Ledenum gereorde *Vigilantius*,
20 þæt is on Englisc 'wacolre.' He wæs swiþe wacol on Godes
bebodum, þa þa he sylf herigendlice leofode, and hé wacol-
lice ymbe manegra þeoda þearfe hógode, and him lífes weig
geswutelode. Hé wæs fram cildháde on bóclicum larum
getyd, and hé on þære lare swa gesæliglice þeah, þæt on
25 ealre Romana-byrig næs nan his gelica geþuht. He ge-
cneordlæhte æfter wisra láreowa gebysnungum, and næs for-
gytol, ac gefæstnode his lare on fæstháfelum gemynde. He
hlód þa mid þurstigum breoste þa flowendan lare, þe hé eft
æfter fyrste mid hunigswettre þrotan þæslice bealcette. On
30 geonglicum gearum, þa þa his geogoþ æfter gecynde woruld-
þing lufian sceolde, þa ongann hé hine sylfne to Gode
geþeodan, and to eþele þæs upplican lifes mid eallum gewil-
nungum orþian. Witodlice æfter his fæder forþsiþe hé
arærde six munuclíf on Sicilia-lande, and þæt seofoþe bin-
35 non Romana-burh getimbrode, on þam he sylf regollice
under abbodes hæsum drohtnode. Þa seofon mynstru he
gelende mid his agenum, and genihtsumlice to dæghwom-
licum bigleofan gegodode. Þone ofereácan his æhta hé

aspende on Godes þearfum, and ealle his woruldlican æþel-
borennysse to heofonlicum wuldre awende.' He eode ær his 40
gecyrrednysse geond Romana-burh mid pællenum gyrlum,
and scinendum gymmum, and readum golde gefrætewod; ac
æfter his gecyrrednysse he þenode Godes þearfum, he sylf
þearfa, mid wácum wǽfelse befangen.

Swa fulfremedlice hé drohtnode on anginne his gecyrred- 45
nysse swa þæt hé mihte þa gýu beon geteald on fulfremedra
halgena getele. He lufode forhǽfednysse on mettum, and
on drence, and wæccan on syndrigum gebedum; þærtoeacan
he þrowade singallice untrumnyssa, and swa hé stiþlicor mid
andwerdum untrumnyssum ofsett wæs, swa hé geornfullicor 50
þæs ecan lifes gewilnode.

Þa undergeat se papa þe on þam timan þæt apostolice
setl gesæt, hu se eadiga Gregorius on halgum mægnum
þeonde wæs, and he þa hine of þære munuclican drohtnunge
genám, and him to gefylstan gesette, on diaconháde geende- 55
byrdne. Þa gelámp hit æt sumum sæle, swa swa gýt for oft
deþ, þæt Englisce cýpmenn brohton heora ware to Romana-
byrig, and Gregorius eode be þære strǽt to þam Engliscum
mannum, heora þing sceawigende. Þa geseah he betwux
þam warum cypecnihtas gesette, þa wæron hwites ·lichaman 60
and fægeres andwlitan menn, and æþellice gefexode. Gre-
gorius þa beheold þæra cnapena wlite, and befrán of hwil-
cere þeode hí gebrohte wæron. Þa sæde him man þæt hí
of Englalande wæron, and þæt þære þeode mennisc swa
wlitig wære. Eft þa Gregorius befrán hwæþer þæs landes 65
folc Cristen wære þe hæþen? Him man sæde þæt hí
hæþene wæron. Gregorius þa of innweardre heortan lang-
sume siccetunge teah, and cwæþ, 'Wálawá þæt swa fægeres
híwes menn sindon þam sweartan deofle underþeodde!' Eft
hé axode hu þære þeode nama wære, þe hí of comon. Him 70
wæs geandwyrd þæt hí Angle genemnode wæron. Þa cwæþ

he, 'Rihtlice hí sind Angle gehátene, for þan þe hí engla
wlite habbaþ, and swilcum gedafenaþ þæt hí on heofonum
engla geferan beon.' Gyt þa Gregorius befrán hu þære
75 scire nama wære, þe þa cnapan of alædde wæron. Him
man sæde þæt þa scírmen wæron Dere gehatene. Gre-
gorius andwyrde, 'Wel hi sind Dere gehatene, for þan þe hi
sind fram graman generode, and to Cristes mildheortnysse
gecygede. Gyt þa he befrán, 'Hu is þære leode cyning
80 geháten?' Him wæs geandswarod þæt se cyning Ælle
geháten wære. Hwæt þa Gregorius gamenode mid his
wordum to þam naman, and cwæþ, 'Hit gedafenaþ þæt
Alleluia sy gesungen on þam lande, to lofe þæs Ælmihtigan
Scyppendes.'

85 Gregorius þa sona eode to þam papan þæs apostolican
setles, and hine bæd þæt he Angelcynne sume láreowas
asende, þe hí to Criste gebigdon, and cwæþ þæt hé sylf
gearo wære þæt weorc to gefremmenne mid Godes fultume,
gif hit þam papan swa gelicode. Þa ne mihte se papa þæt
90 geþafian, þeah þe hé eall wolde; for þan þe þa Romaniscan
ceastergewaran noldon geþafian þæt swa getogen mann, and
swa geþungen lareow þa burh eallunge forlete, and swa
fyrlen wræcsiþ genáme.

Æfter þisum gelamp þæt micel manncwealm becom ofer
95 þære Romaniscan leode, and ærest þone papan Pelagium
gestod, and buton yldinge adydde. Witodlice æfter þæs
papan geendunge, swa micel cwealm wearþ þæs folces, þæt
gehwær stodon aweste hús geond þa burh, buton bugigen-
dum. Þa ne mihte swaþeah seo Romana-burh buton papan
100 wunian, ac eal folc þone eadigan Gregorium to þære ge-
þincþe anmodlice geceas, þeah þe hé mid eallum mægne
wiþerigende wære. Gregorius þa asende ænne pistol to
þam casere Mauricium, se wæs his gefædera, and hine
halsode, and micclum bæd, þæt hé næfre þam folce ne geþa-

fode þæt he mid þæs wurþmyntes wuldre geuferod wære, 105
for þan þe hé ondred þæt he þurh þone micclan hád on
woruldlicum wuldre, þe he ær awearp, æt sumum sæle
bepæht wurde. Ac þæs caseres heahgerefa, Germanus,
gelæhte þone pistol æt Gregories ærendracan, and hine
totǽr; and siþþan cydde þam casere þæt þæt folc Gre- 110
gorium to papan gecoren hæfde. Mauricius þa se casere
þæs Gode þancode, and hine gehadian het. Hwæt þa Gre-
gorius fleames cepte, and on dymhófon ætlutode; ac hine
man gelæhte, and teah to Petres cyrcan, þæt he þær to
papan gehalgod wurde. Gregorius þa ær his hadunge þæt 115
Romanisce folc, for þam onsigendum cwealme, þisum
wordum to be[h]reowsunge tihte :

'Mine gebroþra þa leofostan, ús gedafenaþ þæt we Godes
swingle, þe we on ær towearde ondrædan sceoldon, þæt we
huru nú andwerde and afandode ondrædan. Geopenige ure 120
sarnys ús infǽr soþre gecyrrednysse, and þæt wite þe we
þrowiaþ tobrece ure heortan heardnysse. Efne nu þis folc
is mid swurde þæs heofonlican graman ofslegen, and ge-
hwilce ænlipige sind mid færlicum slihte aweste. Ne seo adl
þam deaþe ne forestæpþ, ac ge geseoþ þæt se sylfa deaþ 125
þære ádle yldinge forhradaþ. Se geslagena biþ mid deaþe
gegripen, ær þan þe he to heofungum soþre behreowsunge
gecyrran mæge. Hógiaþ for þi hwilc se become ætforan
gesihþe þæs strecan Deman, se þe ne mæg þæt yfel bewépan
þe hé gefremode. Gehwilce eorþbugigende sind ætbrodene, 130
and heora hus standaþ aweste. Fæderas and moddru be-
standaþ heora bearna líc, and heora yrfenuman him sylfum
to forwyrde forestæppaþ. Uton eornostlice fleon to heofunge
soþre dædbote, þa hwile þe we moton, ær þan þe se færlica
slege ús astrecce. Uton gemunan swa hwæt swa we dweli- 135
gende agylton, and uton mid wope gewitnian þæt þæt we
mánfullice adrugon. Uton forhradian Godes ansyne on

andetnysse, swa swa se witega us manaþ, 'Uton ahebban
ure heortan mid handum to Gode,' þæt is, þæt we sceolon
140 þa gecnyrdnysse ure bene mid geearnunge gódes weorces
up aræran.   He forgifþ truwan ure forhtunge, se þe þurh his
witegan clypaþ, 'Nylle ic þæs synfullan deaþ, ac ic wille þæt
hé gecyrre and lybbe.'

Ne geortruwige nán man hine sylfne for his synna micel-
145 nysse: witodlice þa ealdan gyltas Niniveiscre þeode þreora
daga be[h]reowsung adilegode; and se gecyrreda sceaþa on
his deaþes cwyde þæs ecan lifes mede geearnode.   Uton
awendan ure heortan; hrædlice biþ se Dema to urum benum
gebíged, gif we fram urum þwyrnyssum beoþ gerihtlæhte.
150 Uton standan mid gemaglicum wopum ongean þam onsigen-
dum swurde swa miccles domes.   Soþlice gemagnys is þam
soþan Deman gecweme, þeah þe heo mannum unþancwurþe
sy, for þan þe se arfæsta and se mildheorta God wile þæt we
mid gemáglicum benum his mildheortnysse ofgán, and hé
155 nele swa micclum swa we geearniaþ ús geyrsian.   Be þisum
hé cwæþ þurh his witegan, 'Clypa me on dæge þinre gedre-
fednysse, and ic þe ahredde, and þu mærsast me.'   God sylf
is his gewita þæt he miltsian wile him to clypigendum, se þe
manaþ þæt we him to clypian sceolon.   For þi, mine ge-
160 broþra þa leofostan, uton gecuman on þam feorþan dæge
þysre wucan on ærnemerigen, and mid estfullum mode and
tearum singan [1] seofonfealde laetanias, þæt se streca Dema us
geárige, þonne hé gesihþ þæt we sylfe ure gyltas wrecaþ.

Eornostlice, þa þa micel menigu, ægþer ge preosthádes ge
165 munuchádes menn, and þæt læwede folc, æfter þæs eadigan
Gregories hæse on þone wodnesdæg to þam seofonfealdum
letanium gecomon, to þam swiþe awedde se foresæda cwealm,
þæt hundeahtatig manna, on þære ánre tide feallende, of life
gewiton, þa hwíle þe þæt folc þa letanias sungon.   Ac se

_____
[1] singon.

halga sacerd ne geswác þæt folc to manigenne þæt hí þære 170
bene ne geswicon, óþ þæt Godes miltsung þone reþan
cwealm gestilde.

Hwæt þa Gregorius, siþþan hé papanhad underfeng, ge-
munde hwæt hé gefyrn Angelcynne gemynte, and þærrihte
þæt luftyme weorc gefremode. He na to þæs hwón ne 175
mihte þone Romaniscan biscopstól eallunge forlætan, ac hé
asende oþre bydelas, geþungene Godes þeowan, to þysum
íglande, and he sylf micclum mid his benum and tihtingum
fylste, þæt þæra bydela bodung forþgenge, and Gode wæstm-
bære wurde. Þæra bydela naman sind þus gecigede, AUGUS- 180
TINUS, MELLITUS, LAURENTIUS, PETRUS, IOHANNES, IUSTUS.
Þas láreowas asende se eadiga papa Gregorius, mid managum
oþrum munecum, to Angelcynne, and hí þisum wordum to
þære fare tihte: 'Ne beo ge afyrhte þurh geswince þæs
langsuman færeldes, oþþe þurh yfelra manna ymbespræce; 185
ac mid ealre anrædnysse and wylme þære soþan lufe þas
ongunnenan þing þurh Godes fultum gefremmaþ. And wite
ge þæt eower méd on þam ecum edleane swa miccle mare
biþ, swa micclum swa ge mare for Godes willan swincaþ.
Gehyrsumiaþ eadmodlice on eallum þingum Augustine, þone 190
þe we eow to ealdre gesetton; hit fremaþ eowerum sawlum
swa hwæt swa ge be his mynegunge gefyllaþ. Se ælmihtiga
God þurh his gife eow gescylde, and geunne me þæt ic
mote eoweres geswinces wæstm on þam ecan eþele geseon,
swa þæt ic beo gemet samod on blisse eoweres edleanes, 195
þeah þe ic mid eow swincan ne mæge; for þon þe ic wille
swincan.' Augustinus þa mid his geferum, þæt sind gerehte
feowertig wera, ferde be Gregories hǽse, oþ þæt hí to þisum
íglande gesundfullice becomon.

On þam dagum rixode Æþelbyrht cyning on Cantware- 200
byrig ríclice, and his rice wæs astreht fram þære micclan
éa Humbre oþ suþsǽ. Augustinus hæfde genumen wealh-

stodas´ of Francena rice, swa swa Gregorius him bebead;
and hé þurh þæra wealhstoda muþ þam cyninge and his
205 leode Godes word bodade: hu se mildheorta Hælend mid
his agenre þrowunge þysne scyldigan middaneard alysde,
and geleaffullum mannum heofonan rices infær geopenode.
Þa andwyrde se cyning Æþelbriht Augustine, and cwæþ
þæt hé fægere word and behat him cydde; and cwæþ þæt
210 hé ne mihte swa hrædlice þone ealdan gewunan þe hé mid
Angelcynne heold forlætan; cwæþ þæt hé moste freolice þa
heofonlican láre his leode bodian, and þæt he him and his
geferan bigleofan þenian wolde, and forgeaf him þa wu-
nunge on Cantwarebyrig, seo wæs ealles his ríces heafod-
215 burh.

Ongánn þa Augustinus mid his munecum to geefenlæcenne
þæra apostola líf, mid singalum gebedum, and wæccan, and
fæstenum Gode þeowigende, and lifes word þam þe hí
mihton bodigende; ealle middaneardlice þing, swa swa ælfre-
220 mede, forhógigende; þa þing ána þe hí to bigleofan behó-
fedon underfonde; be þam þe hí tæhton sylfe lybbende; and
for þære soþfæstnysse þe hí bodedon gearowe wæron ehtnysse
to þoligenne, and deaþe sweltan, gif hí þorfton.

Hwæt þa gelyfdon forwel menige, and on Godes naman
225 gefullode wurdon, wundrigende þære bilewitnysse heora un-
scæþþigan lífes, and [þære] swetnysse heora heofonlican lare.
Þa æt nextan gelustfullode þam cyninge Æþelbrihte heora
clæne líf and heora wynsume behát, þa soþlice wurdon mid
manegum tacnum geseþde; and he þa gelyfende wearþ
230 gefullod, and micclum þa cristenan gearwurþode, and swa
swa heofonlice ceastergewaran lufode: nolde swaþeah nænne
to cristendome geneadian; for þan þe hé ofaxode æt þam
lareowum his hæle þæt Cristes þeowdom ne sceal beon ge-
neadod, ac sylfwilles. Ongunnon þa dæghwomlice forwel
235 menige efstan to gehyrenne þa halgan bodunge, and forleton

heora hæþenscipe, and hí sylfe geþeoddon Cristes gelaþunge, on hine gelyfende.

Betwux þisum gewende Augustinus ofer sǽ to þam erce-biscope Etherium, and he hine gehádode Angelcynne to ercebiscope, swa swa him Gregorius ær gewissode. Au- 240 gustinus þa gehádod cyrde to his biscopstole, and asende ærendracan to Rome, and cydde þam eadigan Gregorie þæt Angelcynn cristendom underfeng, and he eac mid gewritum fela þinga befrán, hu him to drohtnigenne wære betwux þam nighworfenum folce. Hwæt þa Gregorius micclum Gode 245 þancode mid blissigendum mode þæt Angelcynne swa ge-lumpen wæs, swa swa he sylf geornlice gewilnode, and sende eft ongean ærendracan to þam geleaffullan cyninge Æþel-brihte, mid gewritum and menigfealdum lácum, and oþre gewritu to Augustine, mid andswarum ealra þæra þinga þe 250 he hine befrán, and hine eac þisum wordum manode, 'Broþer min se leofosta, ic wát þæt se ælmihtiga God fela wundra þurh þe þære þeode þe hé geceas geswutelaþ, þæs þu miht blissigan, and eac þe ondrædan. Þu miht blissigan gewiss-lice þæt þære þeode sawla þurh þa yttran wundra beoþ 255 getogene to þære incundan gife. Ondrǽd þe swaþeah þæt þin mod ne beo aháfen mid dyrstignysse on þam tacnum þe God þurh þe gefremaþ, and þu þonon on ídelum wuldre befealle wiþinnan, þonon þe þu wiþutan on wurþmynte ahafen bist.' 260

Gregorius asende eac Augustine halige lác on mæsserea-fum, and on bocum, and þæra apostola and martyra reliquias samod; and bebead þæt his æftergengan symle þone pallium and þone ercehád æt þam apostolican setle Romaniscre gelaþunge feccan sceoldon. Augustinus gesette æfter þisum 265 biscopas of his geferum gehwilcum burgum on Engla þeode, and hí on Godes geleafan þeonde þurhwunodon oþ þisum dægþerlicum dæge.

Se eadiga Gregorius gedihte manega halige trahtbec, and
270 mid micelre gecnyrdnysse Godes folc to þam ecan life gewis-
sode, and fela wundra on his life geworhte, and wuldorfullice
þæs papan setles geweold þreottyne gear, and six monþas,
and tyn dagas, and siþþan on þisum dæge gewát to þam
ecan setle heofenan rices, on þam he leofaþ mid Gode
275 ælmihtigum á on ecnesse. Amen.

X.

ST. CUTHBERT.

CUTHBERHTUS, se halga biscop, scinende on manegum
geearnungum and healicum geþincþum, on heofenan rice
mid þam ælmihtigum Scyppende on ecere blisse rixiende,
wuldraþ.

5 Beda, se snotera Engla þeoda láreow, þises halgan lif
endebyrdlice mid wunderfullum herungum, ægþer ge æfter
anfealdre gereccednysse ge æfter leoþlicere gyddunge, awrát.
Us sæde soþlice Beda þæt se eadiga Cuþberhtus, þa þa hé
wæs eahtawintre cild, árn, swa swa him his nytenlice yld
10 tihte, plegende mid his efenealdum; ac se ælmihtiga God
wolde styran þære nytennysse his gecorenan Cuþberhtes
þurh mynegunge gelimplices láreowes, and asende him to
án þrywintre cild, þæt hit his dyslican plegan mid stæþþigum
wordum wislice þreade. Soþlice þæt foresæde þrywintre cild
15 þone gæmnigendan Cuþberhtum befrán, ' To hwí underþeodst
þu þe sylfne þisum ydelum plegan, þu þe eart fram Gode
gehalgod mid roderlicum wurþmynte? Ne gedafenaþ bis-
cope þæt he beo on dædum folces mannum gelic. Geswíc,
la leof, swa unþæslices plegan, and geþeód þe to Gode, þe
20 þe to biscope his folce geceas, þam þu scealt heofonan rices
infær geopenian.' Hwæt þa, Cuthberhtus þagyt mid his

plegan forþarn, oþ þæt his láreow, mid biterum tearum dreoriglice wepende, ealra þæra cildra plegan fǽrlice gestilde. Witodlice eall se cildlica heap wolde þæs anes cildes dreorignysse gefrefrian; ac hí ealle ne mihton mid heora frofre his 25 dreorignysse adwæscan, ær þan þe Cuþberhtus hit mid arfæstum cossum gegladode. And he sylf siþþan æfter þæs cildes mynegunge on healicere stæþþignysse symle þurhwunode.

Æfter þisum wearþ þæs eadigan Cuþberhtes cneow mid heardum geswelle alefed, swa þæt he mid criccum his feþunge 30 underwreþode. Þa gesæt he sume dæge under súnnbeame ana on sundran, and his sceancan beþode; him com þa ridende to sum arwurþe ridda, sittende on snawhwitum horse, and he sylf mid hwitum gyrlum befangen wæs; and he þone halgan mid gesibsumum wordum swæslice grette, biddende 35 þæt hé him dægwistes gedafenlice tiþode. Cuþberhtus þa to þam engle anmodlice cwæþ, 'Ic wolde þine þenunge sylf nu gearcian, gif ic me mid feþunge ferian mihte: min ádlige cneow is yfele gehæfd, þæt ne mihte nan læcewyrt awiht geliþian, þeah þe heo gelome to geléd wære.' Þa gelihte se 40 cuma, and his cneow grapode mid his halwendum handum, and het hine geniman hwætene smedeman, and on meolce awyllan, and swa mid þære hǽtan þæt toþundene lim gewriþan; and æfter þisum wordum his hors bestrád, on þam siþfæte þe hé þider cóm aweg ferende. Hwæt þa Cuþberh- 45 tus æfter þæs engles láre his cneow beþode, and he sona gesundfull his færeldes breac, and ongeat þæt God þurh his engel hine geneosode, se þe gíu ǽr þone blindan Tobían þurh his heahengel Raphahel mihtelice onlihte.

Eft se halga Cuþberhtus, þa þa hé wacode mid hyrde- 50 mannum on felda on his geogoþe, geseah heofonas opene, and englas gelæddon Aidanes biscopes sawle mid micclum wuldre into þære heofonlican myrhþe. Hwilon eac Cuþberhtus ferde geond lánd bodigende Godes geleafan, þa for

55 unwedre gecyrde he to sumes hyrdes cýtan, þe stód weste
on þám westene þe hé oferferde, and getígde his hors þær-
binnon. Þa, mid þam þe he his gebedu sang, þa tær þæt
hors þæt þæc of þære cytan hrofe, and þær feoll adúne, swilce
of þam hrofe, wearm hlaf mid his syflinge. He þa geþancode
60 Gode þære sande, and mid þære hine sylfne gereordode.

Se eadiga Cuþberhtus æfter þisum ealle woruldþing eal-
lunge forlet, and mid halgum þeawum hine sylfne to munuc-
life geþeodde; and he hrædlice, siþþan hé munuc wæs,
wearþ geset cumena þen, þæt he cumena huses gymde, and
65 mynsterlicum cumum geþensum wære. Þa æt sumon sæle
on wintres dæge him com to Godes engel on cumon híwe,
and Cuþberhtus hine mid ealre cumliþnysse underfeng. Þa
gecyrde hé út ymbe þæs cuman þenunge, ac he ne gemette
nænne cuman þa þa hé inn cóm, ac lagon þry heofenlice
70 hlafas on lilian beorhtnysse scinende, and on hrosan bræþe
stymende, and on swæcce swettran þonne beona húnig. Þa
sceawode se halga Cuþberhtus on þam snawe gehwǽr,
hwyder se cuma siþigende ferde, ac þa þa hé nane fotswaþe
on þam snawe ne geseah, þa ongeat hé þæt se cuma wæs
75 engel and na mann, se þe þone heofenlican fodan him brohte,
and þæs eorþlican ne rohte.

Þes foresæda halga wer wæs gewunod þæt he wolde gán
on niht to sǽ, and standan on þam sealtan brymme oþ his
swyran, syngende his gebedu. Þa on sumere nihte hlósnode
80 sum oþer munuc his færeldes, and mid sléaccre stalcunge
his fótswaþum filigde, oþ þæt hí begen to sǽ becomon. Þa
dyde Cuþberhtus swa his gewuna wæs, sang his gebedu, on
sǽlicere yþe standende oþ þone swyran, and syþþan his
cneowa on þam ceosle gebigde, astrehtum handbredum to
85 heofenlicum rodore. Efne þa comon twegen seolas of sæ-
licum grunde, and hí mid heora flyse [1] his fet drygdon, and

---

[1] y *over* eo.

mid heora blæde his leoma beþedon, and siþþan mid ge-
beacne his bletsunge bǽdon, licgende æt hiſ foton on feal-
wum [1] ceosle. Þa Cuþberhtus þa sælican nytenu on sund
asende mid soþre bletsunge, and on merigenlicere tide 90
mynster gesohte. Wearþ þa se munuc micclum afyrht, and
ádlig on ærnemerigen hine geeadmette to þæs halgan cneo-
wum, biddende þæt hé his ádl eallunge aflígde, and his
fyrwitnysse fæderlice miltsode. Se halga þa sona andwyrde,
'Ic þinum gedwylde dearnunge miltsige, gif þu þa gesihþe 95
mid swigan bedíglast, oþ þæt min sawul heonon siþige, of
andwerdum life gelaþod to heofonan.' Cuþberhtus þa mid
gebede his sceaweres seocnysse gehælde, and his fyrwites
ganges gylt forgeaf.

Fela wundra wurdon geworhte þurh þone halgan Cuþ- 100
berht, ac we wyllaþ for sceortnysse sume forsuwian, þy lǽs
þe þeos racu eow to lang þince. Witodlice Cuþberhtus
ferde, swa swa his gewuna wæs, ymbe geleaffulre bodunge,
þæt he þam ungelæredum folce lifes weig tæhte. Þa fleah
sum earn ætforan him on siþe, and he his geferan befrínan 105
ongann, hwá hi to þam dæge afedan sceolde. Þa cwæþ
his gefera þæt he ġefyrn smeade hwær hi bigleofan biddan
sceoldon, þa þa hí þa fare ferdon buton wiste. Cuþberhtus
þa him togeanes cwæþ, 'La hwæt se ælmihtiga God mæg
for eaþe unc þurh þisne earn ǽt foresceawian, se þe gíu ǽr 110
Elian afedde þurh þone sweartan hremm, ær hé to heofonan .
siþode.' Hi þa ferdon forþsiþigende, and efne se earn on
þam ófre gesǽt, mid fisce geflogen, þone hé þærrihte gefeng.
Þa cwæþ se halga to his geferan, 'Yrn to þam earne, and him
of anim þæs fisces dæl þe he gefangen hæfþ unc to gereorde. 115
Sy lóf þam Ælmihtigan, þe unc þurh þisne fugel fedan wolde.
Syle swaþeah sumne dæl þam earne to edleane his geswinces.'

Hi þa æfter gereorde on heora weg ferdon, and Cuþ-

___
[1] fealwun.

berhtus þam folce fægere bodade, þæt hí wære wæron wiþ
120 deofles syrwum, þy læs þe hé mid leasunge heora geleafan
awyrde, and fram þære bodunge heora mod abrude. Þæt
folc þa færlice ongann forþ aræsan betwux þyssere mine-
gunge, micclum bepæht, þæt hí þære lare to lyt gymdon.
Hwæt se swicola feond hí swiþe bedydrode, swilce þær sum
125 hus soþlice forburne, brastligende mid brandum, gedwy-
morlice swaþeah. Þa wolde þæt folc þæt fyr adwæscan,
gif hit ænig wæta wanian mihte; ac þæs halgan andwerdnyss
eaþelice acwencte þæs deofles dyderunge, þe hí dwollice
filigdon, and þæs lifes word lythwon gymdon. Þæt folc
130 þa ofscamod ongean cyrde to þære láre þe hí ær forleton,
biddende æt þam láreowe liþe miltsunge, þæt hí his lare ǽr
to lyt gymdon [1], þa þa he þa frǽcednysse him fore sæde.

Cuþberhtus swaþeah on oþrum timan eallbyrnende hús
ana ahredde wiþ fyres dare mid halgum benum, and þone
135 windes blǽd aweg flígde, se þe ær for oft þa ættrigan flán
deoflicere costnunge on him sylfum adwæscte, þurh gescyld-
nysse soþes Drihtnes. He wolde gelome leodum bodian on
fyrlenum lande unforhtigende. Hwæt þa him geuþe se
ælmihtiga God fǽgre getingnysse þam folce to lare, and him
140 men ne mihton heora mód behydan, ac hí eadmodlice him
geandetton heora digelnyssa, and elles ne dorston, and be
his dihte digellice gebetton.

Sum eawfæst man eac swilce hæfde micele cyþþe to þam
halgan Cuþberhte, and gelomlice his lare breac; þa geti-
145 mode his wífe wyrs þonne hé beþorfte, þæt heo þurh wod-
nysse micclum wæs gedreht. Þa com se eawfæsta to þam
eadigan Cuþberhte, and hé wæs on þam timan to prafoste
geset on þam munuclife þe is Lindisfarnea geháten. Þa ne
mihte he for sceame him openlice secgan þæt his eawfæste
150 wíf on þære wódnysse lǽg, ac bæd þæt hé asende sumne
broþer þe hire gerihta gedón mihte, ǽr þan þe heo of lífe

---

[1] gymdom.

gelæd wurde. Þa wiste Cuþberhtus eal be þam wife, and
wolde þurh hine sylfne sona hí geneosian; for þan þe heo
ær þon eawfæst leofode, þeah þe se unsiþ hire swa gelumpe.
Þa begann se wer dreorig wepan, anþracigende þæs unge- 155
limpes.   Cuþberhtus hine þa mid wordum gefrefrode, cwæþ
þæt se deofol þe hire derigan wolde on his geneosunge [hi]
forlætan sceolde, and mid micelre fyrhte aweg fleon, and þæt
wíf mid gewitte wel sprecende him togeanes gán, and his
bridel onfón.   Hit þa gelámp be þæs lareowes wordum þæt 160
þæt wíf gewittig hine mid wordum gegrette, bæd þæt heo
moste him mete gearcian, and cydde hu se deofol hí dear-
nunge forlét, and swiþe forhtigende fleames cepte, þa þa se
halga þider siþode.

Cuþberhtus se halga siþþan gefremode mihtiglice wundra, 165
on þam mynstre wunigende.   Begánn þa on mode micclum
smeagan, hu hé þæs folces lóf forfleon mihte, þy læs þe hé
wurde to hlísful on worulde, and þæs heofenlican lofes fremde
wære.   Wolde þa ánstandende ancerlíf adreogan, and on
digelnysse eallunge drohtnian : ferde þa to Farne, on flow- 170
endre yþe. Þæt igland is eal beworpen mid sealtum brymme,
on sǽ middan, þæt wiþinnan eall ær þam fyrste mid swear-
tum gastum swiþe wæs afylled, swa þæt men ne mihton þa
moldan bugian for þeowracan sweartra deofla; ac hí ealle
þa endemes flugon, and þæt igland eallunge rymdon þam 175
æþelan cempan, and he þær ana wunode, orsorh heora ándan .
þurh ælmihtigne God. Þa wæs þæt igland mid ealle bedæled
wæteres wynsumnysse on þam westum cludum, ac se halga
wer þa sona het þa heardnesse swiþe hólian onmiddanþære flore
his fægeran botles; and þær wæteræddre þa wynsum aspráng, 180
werod on swǽcce, þam were to brice, se þe hwilon wæter to
winlicum swǽcce wundorlice awende, þa þa hit wolde God.

Se halga þa het him bringan sǽd, wolde on þam westene
wæstmes tilian, gif hit swa geuþe se ælmihtiga God, þæt hé
mid his foton hine fedan moste. He seow þa hwæte on 185

beswuncenum lande, ac hit to wæstme aspringan ne moste,
ne furþon mid gǽrse growende næs. Þa het he him bringan
bere to sǽde, and ofer ælcne timan þa eorþan aseow. Hit
weox þa mid wynne, and wel gerípode. Þa woldon hremmas
190 hine bereafian æt his gedeorfum, gif hí dorston. Þa cwæþ
se halga to þam heardnebbum, ' Gif se Ælmihtiga eow þises
geuþe, brucaþ þæra wæstma, and me ne biddaþ ; gif he
þonne eow þises ne getiþode, gewítaþ aweg, wælhreowe
fugelas, to eowrum eþele of þisum íglande.' Hwæt, þa
195 hremmas þa ricene flugon ealle tosomne ofer þone sealtan
brym, and se halga þa his geswinces breac.

Eft þa siþþan oþre twegen swearte hremmas siþlice comon,
and his hús tæron mid heardum bile, and to neste bæron
heora briddum to hleowþe. Þas eac se eadiga mid ealle
200 aflígde of þam eþele mid anum worde ; ac an þæra fugela
eft fleogende com ymbe þry dagas, þearle dreorig, fleah to
his foton, friþes biddende, þæt he on þam lande lybban
moste symle unscæþþig, and his gefera samod. Hwæt þa se
halga him þæs geuþe, and hí lustbære þæt land gesohton [1],
205 and brohton þam lareowe lác to mede [2], swines rysl his scon
to gedreoge, and hi þær siþþan unscæþþige wunedon.

Þa wolde se halga sum hús timbrian to his nedbricum, mid
his gebroþra fultume ; þa bæd he hí anre sylle, þæt he mihte
þæt hús on þa sǽhealfe mid þære underlecgan. Þa gebroþra
210 him beheton þæt hí woldon þæt treow, þonne hí eft comon,
him gebringan. Þa comon hí, swa swa hí cwædon, and
wurdon swaþeah þæs treowes ungemyndige ; ac se ælmihtiga
God his wæs gemyndig, and him þa sylle sylf asende mid
þam sælicum flode, and þæt flód hí awearp þær þær hé sylf
215 smeade þæt hús to arærenne on þam sealtum ofre. Þa
wunode se halga wer manega géar on þam ancerlife swiþlice
stiþe, and hine geneosodon gelóme eawfæste menn, and be
his lare heora líf gerihtlæhton.

---

[1] gesohten. [2] medes.

Þa com him to sum abbudysse, seo wæs Ælflæd geháten,
þæs cyninges sweostor Ecgfrides; wolde þurh his mynegun- 220
gum hire mód getrymman. Þa betwux heora spræce begánn
heo to halsigenne þone halgan wer þæt hé sceolde hire secgan
hú lange hire broþor Ecgfridus moste his rices brucan. Þa
andwyrde hire se halga mid twylicere spræce and cwæþ,
'For nahte biþ geteald anes geares lust, þær þær se swearta 225
deaþ onsigende biþ.' Þa undergeat heo þæt se broþer ne
moste his lifes brucan ofer þam anum geare, and þærrihte,
dreoriglice wepende, hine befrán, 'La leof, sege me, hwá
sceal to his rice fón, þonne hé broþer næfþ, ne he bearn ne
belæfþ?' Þa cwæþ se halga wer eft to þam mædene, 'Se 230
ælmihtiga Scyppend hæfþ gehealden sumne gecorenne þys-
sere leode to cyninge, and se biþ þe swa leof swa nu is se
oþer.' Þa gedyrstlæhte þæt mæden þæt heo him þagyt to
spræc, and cwæþ, 'Mislice smeagaþ manna heortan: sume
wilniaþ geþincþe þyssere worulde, sume gefyllaþ heora fra- 235
cedan lustas; and hí ealle syþþan sorhlice wædliaþ. Þu
forsihst þone healican wurþmynt, and þe is leofre on þisum
wacum scræfum þonne þu on healle healic biscop sitte.' Þa
cwæþ se witega þæt he wurþe nære swa miccles hádes, ne
þæs heahsetles, ac, swaþeah, nan man Godes mihte ne 240
forflihþ, on nanum heolstrum heofenan, oþþe eorþan, oþþe
sǽ þriddan. Ic gelyfe, swaþeah, gif se Ælmihtiga me hǽtt
þæs hádes beon, þæt ic eft mote þis ígland gesecan` æfter
twegra geara ymbrene, and þyses eþeles brucan. Ic bidde
þe, Ælflæd, þæt þu uncre spræce on minum lífe nanum ne 245
ameldige.'

Æfter þisum wordum wearþ gemót gehæfd, and Ecgfridus
þæron gesǽt, and Þeodorus, þises íglandes ercebiscop, mid
manegum óþrum geþungenum witum, and hí ealle anmodlice
þone eadigan Cuþberhtum to biscope gecuron. Þa sendon 250
hí sona gewritu mid þam ærende to þam eadigan were; ac
hí ne mihton hine of his mynstre gebringan. Þa reow se

cyning sylf Ecgfridus to þam íglande, and Trumwine biscop,
mid óþrum eawfæstum werum, and hí þone halgan swiþe
255 halsodon, heora cneow bigdon, and mid tearum bædon, oþ
þæt hí hine wepende of þam westene atugon to þam sinoþe
samod mid him; and he þone hád be heora hǽse underfeng,
swa swa hít gefyrn ǽr gesæd wæs þurh þæs cildes muþ, and
þæs mæran biscopes Boísiles, þe him mid soþre witegunge
260 his lífes endebyrdnysse sæde.

On þam ylcan geare wearþ eac ofslegen Ecgfridus, se
æþela cyning, on his unsiþe, þa þa hé on Peohtum begánn
to feohtenne to dyrstelice ofer Drihtnes willan; and his
cyfesborena broþor siþþan rixode, se þe for wisdome wende
265 to Scottum, þæt he ælþeodig on láre geþuge. Þa wæs ge-
fylled seo foresæde spræc, swa swa se halga wer sæde þam
mædene be hire gebroþrum, ǽr he biscop wære. Hwæt þa,
siþþan se halga Cuþberhtus, Lindisfarnensiscere gelaþunge
leodbiscop, mid ealre gecneordnysse his folces gymde, to
270 geefenlæcunge þæra eadigra apostola, and hí mid singalum
gebedum gescylde wiþ deofl, and mid halwendum myn-
gungum to heofonan tihte; and he swa leofode swa swa hé
sylf lærde, and á his bodunga mid gebysnungum astealde,
and eac mid wundrum wel geglengde, and mid soþre lufe
275 symle geswette, and gemetegode mid micclum geþylde, and
wæs swiþe estful on ælcere spræce. He nolde awendan his
gewunelican bigleofan, ne his gewǽda, þe he on westene
hæfde, ac þa stiþnyssa his stearcan bigleofan betwux læwe-
dum folce on his life geheold. He wæs swiþe welig wædlum
280 and þearfum, and symle him sylfum swiþe hafenleas.

Þa geworhte he fela wundra eac binnon þam fyrste þe hé
biscop wæs. Mid halgum wætere he gehælde sum wíf, anes
ealdormannes ǽwe, fram earmlicere coþe, and heo sona
gesund him sylfum þenode. Eft on þære ylcan tide hé mid
285 ele gesmyrode an licgende mæden on langsumum sare þurh
hefigtymum heafodece, and hire sona wæs bet. Sum eawfæst

wer wæs eac yfele gehǽfd, and læg æt forþsiþe, his freondum
orwene. Þa hæfde heora sum haligne hláf, þone se eadiga
wer ǽr gebletsode, and hé þone þærrihte on wæter bedypte,
and his adligum mæge on þone muþ begeat, and he þærrihte 290
þæt ádl gestilde. Eac on oþrum timan sum adlig cniht
færlice wearþ geferod ætforan þam witan, þa þa hé mid lare
geond lánd ferde; þa bædon þa bǽrmen his bletsunge georne,
and hé þærrihte þone cniht arærde, swa þæt hé gesundful
siþode on fotum, se þe on bǽre þider geboren wæs. Sum 295
earm moder uneaþelice bær hire samcuce cild, swiþe dreorig,
on þam ylcan wege þe se wit[eg]a ferde; þa besargode hé
þære sorhfullan meder, and geswæslice þa hire sunu cyste;
cwæþ þæt hire cild gesund beon sceolde, and eal hire híwisc
hælþe brucan; and þæs witegan wórd wurdon gefyllede. 300

Ælflæd þa eft, þæt æþele mæden, þone halgan láreow to
hire gelaþode; þa gesǽt hé æt mysan micclum onbryrd, he
beseah to heofonum and his sex áwearp. Þa axode hine
seo eadige fæmne, hwí hé swa hrædlice his gereod forlete.
Þa cwæþ se biscop mid onbryrdum mode, 'Efne nu ic ge- 305
seah englas ferigan gesælige sáwle of þinum bóclande to
healicre heofenan mid halgum sange, and his nama þe biþ
ardlice gecydd on ærnemerigen, þonne ic offrige Gode þa
líflican lác on geleaffulre cyrcan.' Hit wearþ þa gewíd-
mærsod, swa swa se witega cwæþ, þæt hire hyrdeman, þurh 310
holdrædene þa sume ác astah, and his orf læswode mid
treowenum helme, and he hearde feoll, gewát of worulde
mid wuldre to Gode for þære hylde his hirdrædene. Hwá
mæg æfre ealle gereccan þa mihtigan tacna þises halgan
weres, hú oft hé eaþelice ádlige gehælde, and þa sweartan 315
gastas symle afligde, and fægra manna forþsiþ foregleaw
sæde, wis þurh witegunge wisdomes gastes.

Þa wunode sum sacerd swiþe gelyfed on ancersetle æfter
his lare, and on gehwilcum geare hine geneosode, Here-
berhtus geháten, hóhful on mode. Cuþberhtus þa sona hine 320

onsundron gespræc, cwæþ þæt he þa sceolde swiþlice befrí-
nan his nydþearfnysse ær his nextan dæge; cwæþ þæt hé ne
moste on menniscum life hine eft geseon of þam andweardan
dæge.   Hereberhtus þa swiþe hohful wearþ, and feol to his
325 fotum, mid flowendum tearum bæd þæt hé moste him mid
siþian to heofenlicum þrymme of þysum gewinne, swá swa
hé on life his lare gehyrsumode.   Hwæt þa se biscop his
cneowa gebigde to þissere bene mid bliþum mode, and
syþþan þone sacerd sona gefrefrode; cwæþ þæt him geuþe
330 se ælmihtiga Wealdend þæt hi ætsomne siþian moston of
þisum earfoþnyssum to ecere myrhþe.   Hereberhtus þa hám
gewende, and on legerbedde licgende abád þæs oþres geen-
dunge mid adlium lymum.

   Cuþberhtus se halga þa swiþe onette to þam ancersetle
335 þær hé ǽr gesǽt þurh halige mynegunge mihtiges Drihtnes:
wolde on þam lande his líf geendian, þær þær hé ǽr lange
lybbende drohtnode.   And hé on þam lande þa gelegered
wearþ on his forþsiþe swiþe fús to Gode, on þam þriddan
geare his biscophades, and on þisum dæge to Drihtne gewat,
340 and Hereberhtus samod, se halga sacerd, swa swa hí on life
ær geleornodon, þurh Godes gast, mid godum willan.   His
líc wearþ bebyrged on Lindisfarneiscre cyrcan, þær wurdon
geworhte wundra forwel fela, þurh geearnungum his eadigan
lífes.   Þa gelicode hit þam leodbiscope, Eadberhte sylfum,
345 his æftergengan, þæt he his lichaman up þa gelógode, on
þam endlyftan geare his geendunge.   Þa wearþ þæt halige
líc hál on eorþan gemét, gesundful licgende, swilce hé sla-
pende wære, liþebige on limum, swa swa hé geled wæs.

   Sy wuldor and lof þam welegan Drihtne, se þe his geco-
350 renan swa cýstelice wurþaþ æfter deadlicum lífe, mid him
lybbende á on ecnysse ealra worulda.   Amen.

GLOSSARY.

ā-bŭgan, *sv.* bow, do reverence.
ā-cuman, *sv.* endure.
ā-dēadian, *wv.* become dead, become callous.
ā-drēogan, *sv.* carry on, do.
ǣlic, *adj.* of the Law.
ǣn-lipig, *adj.* single, individual.
æt-lūtian, *wv.* lurk out of sight, hide.
æt-spurnan, *sv.* spurn, strike against.
ǣttrig, *adj.* poisonous.
ǣw, *sf.* wife.
ā-fǣran, *wv.* terrify.
ā-fundennys, *sf.* invention, device.
ā-hyldan, *wv.* incline, lean, rest.
ā-lēfan, *wv.* injure, maim.
ā-meldian, *wv.* betray, let out.
ancer-līf, *sn.* life of an anchorite.
ancer-setl, *sn.* hermitage.
anda, *sm.* envy, anger.
ān-genga, *sm.* solitary.
an-timber, *sn.* cause.
an-þrācian, *wv. w. gen.* dread, be agitated.
arc, *sm.* ark.
ā-scyrian, *wv.* separate, expel.
ā-slīdan, *sv.* slip.
ā-standan, *sv.* stand forth, arise.
ā-stellan, *wv.* institute, begin.
ā-streccan, *wv.* prostrate.
ā-teorigendlic, *adj.* perishable.
ā-wācian, *wv.* become weak.
ā-wēdan, *wv.* rage.
ā-wegan, *sv.* weigh.
ā-wyllan, *wv.* boil.
ā-wyrdan, *wv.* destroy.
ā-wyrdnys, *sf.* injury.

bǣr-mann, *sm.* bearer.
gebēacn, *sn.* gesture.
bealcettan, *wv.* belch forth, bring up.
be-dydrian, *wv.* deceive.
be-frīnan, *sv.* ask.
be-fȳlan, *wv.* defile.
be-hōflan, *wv. w. gen.* need.
be-hwyrfan, *wv.* change, prepare.
be-lǣwan, *wv.* betray.
be-lȳfan, *wv.* believe.
bēo, *sf.* bee.
bere, *sm.* barley.
be-sārgian, *wv.* pity.
be-sencan, *wv.* sink, throw down.
be-strīdan, *sv.* bestride, mount.
be-swincan, *sv.* plough, prepare (land).
beswingan, *sv.* beat, scourge.
be-þearf, *swv. w. gen.* require, need.
beþian, *wv.* warm, foment.
be-wǣfan, *wv.* wrap.
be-yrnan, *sv.* run; þa bearn me on mode, it occurred to me, I thought of.
gebīcnian, *wv.* betoken.
bīgels, *sm.* bend, vault.
bile, *sm.* bill, beak.
biscop-stōl, *sm.* episcopal see.
bita, *sm.* bite, morsel.
blōstm, *sm.* flower.
bōcere, *sm.* Scribe.
bōc-land, *sn.* private land, estate.
brǣþ, *sm.* exhalation, vapour, fragrance.
brēgan, *wv.* terrify.
brēmbel, *sm.* bramble.

brīdel, *sm.* bridle.
brymm, *sm.* ocean.
gebyldo, *sf.* boldness, confidence, presumption.
bȳme, *sf.* trumpet.

ceosol, *sm.* gravel, beach.
cēpan, *wv. w. gen.* attend to, seek, take to.
cīdan, *wv. w. dat.* chide, reprove.
geclǣman, *wv.* smear, caulk.
gecneord-lǣcan, *wv.* be zealous, study.
gecnyrdnys, *sf.* diligence, study.
coss, *sm.* kiss.
coþu, *sf.* disease.
crēda, *sm.* creed.
crycc, *sf.* crutch.
culfre, *sf.* dove, pigeon.
cuma, *sm.* stranger.
cum-līþnys, *sf.* hospitality.
cwelmbǣrnys, *sf.* mortality.
cyfes-boren, *adj.* born of a concubine, base-born.
gecyndelīce, *av.* naturally.
cȳpe-cniht, *sm.* boy for sale.
cȳp-mann, *sm.* merchant.
cyre, *sm.* choice.
cystelīce, *adv.* munificently.
cyte, *sf.* cottage.
cȳpere, *sm.* witness, martyr.
cȳþþu, *sf.* familiarity.

dæg-wist, *sm.* food for a day, a day's entertainment.
dǣlan, *wv.* share.
gedafenlic, *adj.* fitting, proper.
dēofol-sēoc, *adj.* possessed of a devil.
gedeorf, *sn.* labour, hardship, difficulty.
diacon, *sm.* deacon.
dīgle, *adj.* secret, hidden, obscure.
gedreccednys, *sf.* trouble.
gedrēog, *sn.* preparing, smearing.
drohtnian, *wv.* live, conduct oneself.
drȳpan, *wv.* drip.
dumb, *adj.* dumb.
gedwymorlīce, *adv.* illusively.

dyderung, *sf.* delusion.
dym-hof, *sn.* obscure place.
gedyrst-lǣcan, *wv.* venture, presume.
dyrstelīce, *adv.* daringly, arrogantly.

eahta-wintre, *adj.* eight years old.
ēasterne, *adj.* eastern.
ēawfæst, = ǣfæst.
geed-lǣcan, *wv.* repeat, renew.
geefen-lǣcan, *wv.* imitate.
egefull, *adj.* fearful.
geende-byrdan, *wv.* ordain.
endemes, *adv.* together.
erce-hād, *sm.* archiepiscopal dignity.
ēstfull, *adj.* devout, gracious.

gefædera, *sm.* godfather.
fæst-hafol, *adj.* tenacious.
fær, *sn.* passage, passing by.
færeld, *sn.* power of motion, locomotion, journey, course of life, conduct.
gefēr-rǣden, *sf.* companionship.
fēþung, *sf.* walking, motion.
gefexod, *adj.* with a head of hair.
geflit, *sn.* dispute, quarrel.
flȳs, *sf.* fleece, fur.
for-cūþ, *adj.* infamous, despicable.
fore-bēacn, *sn.* portent, sign, miracle.
fore-genga, *sm.* ancestor.
fore-glēaw, *adj.* prescient, prophetic.
fore-scēawian, *wv.* pre-ordain, appoint.
fore-steppan, *sv.* precede.
fore-stihtan, *wv.* pre-ordain.
fore-wītegian, *wv.* prophecy.
for-flēon, *sv.* flee from, evade.
for-gǣgan, *wv.* transgress.
for-gǣgednys, *sf.* transgression.
for-gytol, *adj.* forgetful.
for-lǣran, *wv.* seduce, lead astray.
for-lēogan, *sv.* slander.
for-nēan, *adv.* nearly.
for-rotian, *wv.* rot.
for-secgan, *wv.* slander.

for-apanan, *sv.* allure, seduce, lead astray.
for-sūwian, *wv.* keep silent about, suppress, pass over.
forþ-gęnge, *adj.* progressive, successful.
for-þyldigan, *wv.* endure.
forþ-yrnan, *sv.* continue.
for-wyrcan, *wv.* forfeit.
fōt-wylm, *sm.* sole of foot, foot.
frum-sceapen, *adj.* first-created, first.
gefylsta, *sm.* helper.
fylstend, *sm.* helper.
fyrwit, *sn.* curiosity.
fyrwitnys, *sf.* curiosity.

gamenian, *wv.* play, pun.
geare, *adv.* accurately, well.
gēonglic, *adj.* youthful.
gęst-hūs, *sn.* inn.
gilplic, *adj.* boastful, presumptious.
gegōdian, *wv.* endow.
gyddung, *sf.* poetical recitation, metre.
gȳmen, *sf.* care.
gynian, *wv.* gape.
gyrstan-dæg, *adv.* yesterday.
gyse, *adv.* yes, yea.

hacele, *sf.* coat, mantle.
hādian, *wv.* ordain.
hādung, *sf.* ordination.
hæftling, *sm.* prisoner.
hǣlþo, *sf.* health.
hafen-lēas, *adj.* indigent.
hēafod-ęce, *sm.* headache.
hēah-gerēfa, *sm.* prefect.
healt, *adj.* halt.
hēannys, *sv.* height.
heard-nębba, *sm.* hard of bill, raven.
hęfig-tȳme, *adj.* hard, grievous.
heorcnung, *sf.* hearing.
hird-rǣden, *sf.* herding, care.
hīw, *sn.* form.
hīwa, *sm.* member of a family.
gehīwian, *wv.* figure, signify; feign, pretend.

hīwisc, *sn.* household.
hīwung, *sf.* pretence, hypocrisy.
hladan, *sv.* draw water, imbibe.
hlēowþ, *sf.* shelter.
hoh-full, *adj.* thoughtful, pensive.
hol, *sn.* hole, cave.
hold-rǣden, *sf.* fidelity.
holian, *wv.* become hollow, be perforated.
hord-fæt, *sn.* coffer.
gehrēfan, *wv.* roof.
hręmn, = hræfn.
hrēoflig, *adj.* leprous.
hrōse, = rōse.
hund-feald, *adj.* hundredfold.
hunig-swēte, *adj.* sweet as honey.
hwǣten, *adj.* of wheat.
gehwęttan, *wv.* incite.
hwīl-tīdum, *adv.* sometimes.
hyrde-mann, *sm.* shepherd.
hyrn-stān, *sm.* cornerstone, keystone.
gehyrt, *adj.* of good heart.
gehyrtan, *wv.* fortify, cheer.

inn-fær, *sn.* entrance.
geinnian, *wv.* fill up, make good.

gelæccan, *wv.* take, get.
lǣce-wyrt, *sf.* medicinal herb.
lǣswian, *wv.* pasture.
lām, *sm.* loam, earth.
late, *adv.* slowly.
lāttēow, *sm.* leader, guide.
leahtrian, *wv.* blame.
leger-bedd, *sn.* sickbed.
gelegered, *adj.* confined to bed.
gelęndan, *wv.* endow with lands.
lęnden, *sf.* loins.
lēoþlic, *adj.* poetical.
gelīffæstan, *wv.* animate.
geligenian, *wv.* give the lie, gainsay.
lilie, *sf.* lily.
liþe-bīge, *adj.* flexible in limbs.
gelīþian, *wv.* alleviate.
luf-tȳme, *adj.* benevolent.
lust-bǣre, *adj.* joyous.
lust-fullung, *sf.* desire, pleasure.
lyre, *sm.* loss, destruction.

gemaca, *sm.* companion, mate, wife.
gemǣglic, *adj.* importunate.
gemǣglice, *adv.* importunately.
gemǣgnys, *sf.* importunity.
gemedemian, *wv. refl.* condescend.
gemęnig-fyldan, *wv.* multiply.
meox, *sn.* dung.
merigenlic, *adj.* morning.
gemet, *sm.* moderation; way, manner.
mēting, *sf.* painting.
mis-lǣdan, *wv.* mislead.
munuc-līf, *sn.* monastic life; monastery.
mynegung, *sf.* admonition.
myrige, *adj.* pleasant, cheerful.
myrhþ, *sf.* joy.
mȳse, *sf.* table.

nēadunge, *adv.* forcibly.
neb-wlite, *sm.* complexion, countenance.
nēd-brice, *sm.* need.
neorxna-wang, *sm.* Paradise.
genēosian, *wv.* visit.
neoþor, *adv.* beneath.
nest, *sn.* nest.
nīg-hworfen, *adj.* newly converted.
geniþerian, *wv.* condemn.
nytenlic, *adj.* ignorant.
nyþer-hrēosende, *adj.* downfalling.

of-āxian, *wv.* be told, informed.
ofer-drīfan, *sv.* confute.
ofer-flōwendnys, *sf.* overflow, excess.
ofer-glīdan, *sv.* glide over, traverse.
ofer-rǣdan, *wv.* read over.
ofer-wrēon, *sv.* cover over, hide.
ofer-yrnan, *sv.* run over.
of-gān, *sv.* demand, require; attain, gain.
of-sittan, *sv.* sit on, oppress.
of-tredan, *sv.* tread down.
on-būgan, *sv. w. dat.* side with, submit to.

on-byrigan, *wv. w. gen.* taste.
on-hagian, *wv.* suit; be convenient.
on-hinder, *adv.* behind.
on-sīgan, *sv.* assail.
on-sundron, *adv.* apart.
ord-fruma, *sm.* beginning.
geor-trūwian, *wv.* despair.
orþian, *wv.* breathe, aspire.
or-wēne, *adj.* hopeless.

pęning-wurþ, *sn.* pennyworth.
pīnung, *sf.* torture, punishment.
pistol, *sm.* epistle, letter.
prāfost, *sm.* provost.

rǣden, *sf.* condition, terms.
rēn-boga, *sm.* rainbow.
gereord, *sn.* feeding, meal.
gereordian, *wv.* feed, feast.
rēwut, *sn.* rowing.
ribb, *sn.* rib.
rīclice, *adv.* powerfully.
gerihtu, *sn. pl.* last offices.
gerīp, *sn.* reaping, harvest.
roderlic, *adj.* heavenly.
gerȳne, *sn.* mystery.
rysl, *sm.* fat, grease.

sacerd, *sm.* priest.
sam-cucu, *adj.* half-alive, half-dead.
sand, *sf.* mission; course, repast.
gescēad, *sn.* wisdom, sagacity.
scēawere, *sm.* spy.
scęnca, *sm.* leg.
sceocca, *sm.* sprite, demon.
gescēotan, *sv.* (shoot), contribute, accrue.
scrift, *sm.* confession, confessor.
scylf, *sm.* shelf, ledge, pinnacle.
gescyndan, *wv.* put to shame.
gescyrtan, *wv.* shorten.
sealm-sang, *sm.* psalm-singing.
sealm-sceop, *sm.* psalmist.
sēam, *sm.* seam, joint.
sęgen, *sf.* saying.
setl, *sn.* sitting.
gesēþan, *wv.* confirm.
gesewenlic, *adj.* visible.

sinoþ, *sm.* synod.
sīþlīoe. *adv.* journeying.
sleac, *adj.* slow, stealthy.
smedma, *sm.* flour.
smēþnys, *sf.* smoothness.
gesmyrian, *wv.* anoint.
sōftnys, *sf.* luxury.
stǣnan, *wv.* stone.
stǣning, *sf.* stoning.
stæþþig, *adj.* steady, serious.
stalcung, *sf.* stalking.
gestandan, *sv.* oppose, stop; assail, attack.
steall, *sm.* standing.
stearo, *adj.* severe.
stęde, *sm.* standing.
stio-mǣlum, *adv.* in pieces.
sticol, *adj.* prickly, rough.
gestillan, *wv.* still, silence, stop.
stōr, *sm.* frankincense.
stōwlīoe, *av.* in place, locally.
strec, *adj.* severe.
stunt, *adj.* stupid.
stȳman, *wv.* steam, exhale fragrance.
stȳpel, *sm.* steeple.
styrnlio, *adj.* severe, rough.
sunn-bēam, *sm.* sunbeam.
swæcc, *sm.* flavour, scent.
swǣre, *adj.* heavy.
swǣslīoe, *adv.* politely.
geswǣslīoe, *adj.* kindly.
geswęfian, *wv.* put to sleep.
swēgan, *wv.* sound.
geswell, *sn.* swelling.
geswētan, *wv.* sweeten.
swīge, *sf.* silence.
swingel, *sf.* scourge.
syfling, *sf.* seasoning.
syll, *sf.* sill, foundation.

getācnigendlio, *adj.* emblematic.
talian, *wv.* tell, impute.
tāllio, *adj.* blasphemous.
teolung, *sf.* tillage, gain, income.
tēona, *sm.* malice.
tēopian, *wv.* divide by ten, tithe.
tēoping-dæg, *sm.* tithing-day, tenth day.

tēoþung, *sf.* tenth part, tithe, tithing.
tihting, *sf.* enticement.
tō-cnāwan, *sv.* distinguish.
tō-dāl, *sn.* separation, distinction.
tō-drǣfan, *wv.* disperse.
getogen, *adj.* trained, learned.
torflan, *wv.* pelt, stone.
tō-þindan, *sv.* swell.
traht, *sm.* treatise, discussion, exposition.
traht-bōc, *sf.* treatise.
trahtnian, *wv.* treat, expound.
trumnys, *sf.* strength, firmness.
trūwa, *sm.* confidence.
tungel-wītega, *sm.* astrologer.
twelf-feald, *adj.* twelvefold.
twȳlic, *aj.* doubtful, ambiguous.
twȳn, = twēon.
tyrwe, *sf.* tar.

pæslīoe, *adv.* aptly.
þēawlic, *adj.* moral.
þēow-racu, *sf.* threat.
þigen, *sf.* receiving, taking, eating.
geþofta, *sm.* companion.
þrim-wealdend, *adj.* glorious.
þritig-wintre, *adj.* thirty years old.
þrotu, *sf.* (*weak*) throat.
þry-feald, *adj.* threefold.
þry-wintre, *adj.* three years old.
þwȳr, = þweorh.
þwȳrlic, *adj.* contrary, perverse.
þyrnen, *adj.* of thorns.

geuferian, *wv.* exalt.
un-cȳþþu, *sf.* unfamiliarity.
under-bæc, *adv.* back, behind.
under-ginnan, *sv.* begin.
under-lęcgan, *wv.* underlay, support.
under-wręþian, *wv.* support.
un-lust, *sm.* evil desire, lust.
un-gerād, *adj.* ill-conditioned, wrong.
un-sīþ, *sm.* disastrous expedition.
un-strang, *adj.* weak.
un-tǣle, *adj.* blameless.
un-þæslio, *adj.* unbecoming.

un-þanc-wurþe, *adj.* ungrateful, inacceptable.
un-þrowigendlic, *adj.* on-suffering.
un-wær, *adj.* unwary.
un-gewiss, *adj.* uncertain, doubting.

wacol, *adj.* vigilant.
wacollīce, *adv.* vigilantly.
wæstm-bǣre, *adj.* fruitful.
wæter-ǣddre, *sf.* vein of water, spring.
wæter-þēote, *sf.* torrent, cataract.
weald, *conj.* less.
wēdan, *wv.* rage.
weornian, *wv.* fade, wither.
werlīce, *adv.* manfully.
gewīd-mǣrsian, *wv.* proclaim, noise about.
wilige, *sf.* basket.
gewilnigendlic, *adj.* desirable.
wīslic, *adj.* wise, prudent.

gewissian, *wv.* direct.
gewītendlic, *adj.* transitory.
wiþ-cweþan, *sv.* contradict, deny.
wiþerian, *wv.* oppose.
wiþer-weardlic, *adj.* rebellious, perverse.
wiþ-metan, *sv.* compare.
wōdnes-dæg, *sm.* Wednesday.
gewrīþan, *sv.* bind up.
wuldor-bēag, *sm.* crown of glory.
gewuldor-bēagod, *adj.* crowned.
wuldrian, *wv.* live in glory.
wyll-spring, *sm.* well, fountain.
wyln, *sf.* female slave
gewyrd, s,. .ate, destiny.

yfel-dǣd, *adj.* evildoing.
ymbe-sprǣc, *sf.* comment, criticism.
ymb-ryne, *sm.* revolution, course, lapse of time.
yrfe-numa, *sm.* heir.
geyrsian, *wv. w. dat.* be angry with.

THE END.

Clarendon Press Series.

The English Language and Literature.

HELPS TO THE STUDY OF THE LANGUAGE.

1. DICTIONARIES.

A NEW ENGLISH DICTIONARY ON HISTORICAL PRIN-CIPLES, founded mainly on the materials collected by the Philological Society. Imperial 4to. Parts I-IV, price 12s. 6d. each.

Vol. I (**A** and **B**), half morocco, 2l. 12s. 6d.

Vol. II (**C** and **D**). *In the Press.*

Part IV, Section 2, **C—CASS**, beginning Vol. II, price 5s.

Part V, **CASS—CLIVY**, price 12s. 6d.

Edited by JAMES A. H. MURRAY, LL.D., sometime President of the Philological Society ; with the assistance of many Scholars and Men of Science.

Vol. III (**E, F, G,**) Part I, edited by HENRY BRADLEY. *In the Press.*

Bosworth and Toller. *An Anglo-Saxon Dictionary*, based on the MS. Collections of the late JOSEPH BOSWORTH, D.D. Edited and enlarged by Prof. T. N. TOLLER, M.A. Parts I-III, A-SAR   .   .   . [4to. 15s. each.

Part IV. *In the Press.*

Mayhew and Skeat. *A Concise Dictionary of Middle English*, from A. D. 1150 to 1580. By A. L. MAYHEW, M.A., and W. W. SKEAT, Litt. D.
[Crown 8vo. half roan, 7s. 6d.

Skeat. *A Concise Etymological Dictionary of the English Language.* By W. W. SKEAT, Litt.D. *Third Edition.*   .   .   . [Crown 8vo. 5s. 6d.

[B]

2. GRAMMARS, READING BOOKS, &c.

Earle. *The Philology of the English Tongue.* By J. EARLE, M.A.,
Professor of Anglo-Saxon. *Fourth Edition.* .   . [Extra fcap. 8vo. 7s. 6d.

———— *A Book for the Beginner in Anglo-Saxon.* By J. EARLE, M.A.,
Professor of Anglo-Saxon. *Third Edition.* .   . [Extra fcap. 8vo. 2s. 6d. .

Morris and Skeat. *Specimens of Early English.* A New and Re-
vised Edition. With Introduction, Notes, and Glossarial Index :—

Part I. From Old English Homilies to King Horn (A.D. 1150 to A.D. 1300).
By R. MORRIS, LL.D. *Second Edition.* .   . [Extra fcap. 8vo. 9s.

Part II. From Robert of Gloucester to Gower (A.D. 1298 to A.D. 1393). By R.
MORRIS, LL.D., and W. W. SKEAT, Litt. D. *Third Edition.*
[Extra fcap. 8vo. 7s. 6d.

Skeat. *Specimens of English Literature,* from the 'Ploughmans
Crede' to the 'Shepheardes Calender' (A.D. 1394 to A.D. 1579). With Intro-
duction, Notes, and Glossarial Index. By W. W. SKEAT, Litt. D. *Fourth Edition.*
[Extra fcap. 8vo. 7s. 6d.

———— *The Principles of English Etymology.* *First Series.* The
Native Element. By W. W. SKEAT, Litt. D.   .   .   . [Crown 8vo. 9s.

Sweet. *An Anglo-Saxon Primer, with Grammar, Notes, and Glossary.*
By HENRY SWEET, M.A. *Third Edition.* .   . [Extra fcap. 8vo. 2s. 6d.

———— *An Anglo-Saxon Reader.* In Prose and Verse. With Gram-
matical Introduction, Notes, and Glossary. By the same Author. *Sixth
Edition, Revised and Enlarged.* .   .   .   . [Extra fcap. 8vo. 8s. 6d.

———— *A Second Anglo-Saxon Reader.* By the same Author.
[Extra fcap. 8vo. 4s. 6d.

———— *Old English Reading Primers.* By the same Author.

I. *Selected Homilies of Ælfric.*   [Extra fcap. 8vo. *stiff covers,* 1s. 6d.

II. *Extracts from Alfred's Orosius.*   [Extra fcap. 8vo. *stiff covers,* 1s. 6d.

———— *First Middle English Primer, with Grammar and Glossary.*
By the same Author.   .   .   .   .   .   . [Extra fcap. 8vo. 2s.

———— *Second Middle English Primer.* Extracts from Chaucer, with
Grammar and Glossary. By the same Author.   . [Extra fcap. 8vo. 2s.

Tancock. *An Elementary English Grammar and Exercise Book.*
By O. W. TANCOCK, M.A., Head Master of King Edward VI's School, Norwich.
Second Edition. .   .   .   .   .   . [Extra fcap. 8vo. 1s. 6d.

———— *An English Grammar and Reading Book,* for Lower Forms
in Classical Schools. By O. W. TANCOCK, M.A. *Fourth Edition.*
[Extra fcap. 8vo. 3s. 6d.

A SERIES OF ENGLISH CLASSICS.

(CHRONOLOGICALLY ARRANGED.)

Chaucer. I. *The Prologue ; The Knightes Tale ; The Nonne Prestes Tale.* Edited by R. MORRIS, LL.D. *A New Edition, with Collations and Additional Notes*, by W. W. SKEAT, Litt.D. . . [Extra fcap. 8vo. 2s. 6d.

—— II. *The Prioresses Tale ; Sir Thopas ; The Monkes Tale ; The Clerkes Tale ; The Squieres Tale, &c.* Edited by W. W. SKEAT, Litt. D. *Third Edition.* . . . . [Extra fcap. 8vo. 4s. 6d.

—— III. *The Tale of the Man of Lawe ; The Pardoneres Tale ; The Second Nonnes Tale ; The Chanouns Yemannes Tale.* By the same Editor. *New Edition, Revised.* . . . . [Extra fcap. 8vo. 4s. 6d.

—— IV. *Minor Poems.* By the same Editor. [Crown 8vo. 10s. 6d.

—— V. *The Legend of Good Women.* By the same Editor.
[Crown 8vo. 6s.

Langland. *The Vision of William concerning Piers the Plowman*, by WILLIAM LANGLAND. Edited by W. W. SKEAT, Litt. D. *Fourth Edition.*
[Extra fcap. 8vo. 4s. 6d.

Gamelyn, The Tale of. Edited by W. W. SKEAT, Litt. D.
[Extra fcap. 8vo. *stiff covers*, 1s. 6d.

Wycliffe. *The New Testament in English*, according to the Version by JOHN WYCLIFFE, about A.D. 1380, and Revised by JOHN PURVEY, about A.D. 1388. With Introduction and Glossary by W. W. SKEAT, Litt. D.
[Extra fcap. 8vo. 6s.

—— *The Books of Job, Psalms, Proverbs, Ecclesiastes, and the Song of Solomon :* according to the Wycliffite Version made by NICHOLAS DE HEREFORD, about A.D. 1381, and Revised by JOHN PURVEY, about A.D. 1388. With Introduction and Glossary by W.W.SKEAT, Litt.D. [Extra fcap. 8vo. 3s. 6d.

Minot. *The Poems of Laurence Minot.* Edited, with Introduction and Notes, by JOSEPH HALL, M.A. . . . . [Extra fcap. 8vo. 4s. 6d.

Spenser. *The Faery Queene.* Books I and II. Edited by G. W. KITCHIN, D.D., with Glossary by A. L. MAYHEW, M.A.

Book I. *Tenth Edition.* . . . . . [Extra fcap. 8vo. 2s. 6d.
Book II. *Sixth Edition.* . . . . . [Extra fcap. 8vo. 2s. 6d.

Hooker. *Ecclesiastical Polity*, Book I. Edited by R. W. CHURCH, M.A., Dean of St. Paul's. *Second Edition.* . . . [Extra fcap. 8vo. 2s.

Marlowe and Greene. MARLOWE's *Tragical History of Dr. Faustus*, and GREENE's *Honourable History of Friar Bacon and Friar Bungay.* Edited by A. W. WARD, Litt. D. *New Edition.* . [Extra fcap. 8vo. 6s. 6d.

Marlowe. *Edward II.* Edited by O. W. TANCOCK, M.A. *Second Edition.* . . . . . [Extra fcap. 8vo. *Paper covers*, 2s. *cloth*, 3s.

Burns. . *Selected Poems.* Edited by J. LOGIE ROBERTSON, M.A.
[Crown 8vo. 6s.

Keats. *Hyperion,* Book I. With Notes, by W. T. ARNOLD, B.A.
[*Paper covers,* 4d.

Byron. *Childe Harold.* With Introduction and Notes, by H. F. TOZER, M.A. . . . . . [Extra fcap. 8vo. 3s. 6d. *In Parchment,* 5s.

Scott. *Lay of the Last Minstrel.* Edited with Preface and Notes by W. MINTO, M.A. With Map.
[Extra fcap. 8vo. *stiff covers,* 2s. *In Parchment,* 3s. 6d.

—— *Lay of the Last Minstrel.* Introduction and Canto I, with Preface and Notes, by W. MINTO, M.A. . . . . [*Paper covers,* 6d.

—— *Marmion.* Edited by T. BAYNE. Extra fcap. 8vo. 3s. 6d.

Campbell. *Gertrude of Wyoming.* Edited, with Introduction and Notes, by H. MACAULAY FITZGIBBON, M.A. . . . . . [Extra fcap. 8vo. 2s.

Typical Selections *from the best English Writers. Second Edition.* In Two Volumes. . . . . . . [Extra fcap. 8vo. 3s. 6d. each.

HISTORY AND GEOGRAPHY, &c.

Freeman. *A Short History of the Norman Conquest of England.* By E. A. FREEMAN, M.A. *Second Edition.* . . [Extra fcap. 8vo. 2s. 6d.

George. *Genealogical Tables illustrative of Modern History.* By H. B. GEORGE, M.A. *Third Edition, Revised and Enlarged.* [Small 4to. 12s.

Hughes (Alfred). *Geography for Schools.* Part I, *Practical Geography.* With Diagrams. . . . . [Extra fcap. 8vo. 2s. 6d.

Kitchin. *A History of France.* With Numerous Maps, Plans, and Tables. By G. W. KITCHIN, D.D., Dean of Winchester. *Second Edition.* Vol. I. To 1453. Vol. II. 1453-1624. Vol. III. 1624-1793. each 10s. 6d.

Lucas. *Introduction to a Historical Geography of the British Colonies.* By C. P. LUCAS, B.A. . . . . [Crown 8vo, with 8 maps, 4s. 6d.

—— *Historical Geography of the Colonies.* Vol. I. By the same Author. With Eleven Maps. . . . . . . [Crown 8vo. 5s.

Rawlinson. *A Manual of Ancient History.* By G. RAWLINSON, M.A., Camden Professor of Ancient History. *Second Edition.* [Demy 8vo. 14s.

Rogers. *A Manual of Political Economy,* for the use of Schools. By J. E. THOROLD ROGERS, M.A. *Third Edition.* [Extra fcap. 8vo. 4s. 6d.

MATHEMATICS AND PHYSICAL SCIENCE.

Aldis. *A Text Book of Algebra (with Answers to the Examples).* By W. STEADMAN ALDIS, M.A. . . . . . . [Crown 8vo. 7*s.* 6*d.*

Combination Chemical Labels. In Two Parts, gummed ready for use. Part I, Basic Radicles and Names of Elements. Part II, Acid Radicles. [Price 3*s.* 6*d.*

Hamilton and Ball. *Book-keeping.* By Sir R. G. C. HAMILTON, K.C.B., and JOHN BALL (of the firm of Quilter, Ball, & Co.). *New and Enlarged Edition.* . . . . [Extra fcap. 8vo. 2*s.*

*** *Ruled Exercise Books adapted to the above.* (Fcap. folio, 1*s.* 6*d.*)

Hensley. *Figures made Easy: a first Arithmetic Book.* By LEWIS HENSLEY, M.A. . . . . [Crown 8vo. 6*d.*

——— *Answers to the Examples in Figures made Easy,* together with 2000 additional Examples formed from the Tables in the same, with Answers. By the same Author. . . . . . . [Crown 8vo. 1*s.*

——— *The Scholar's Arithmetic.* By the same Author. [Crown 8vo. 2*s.* 6*d.*

——— *Answers to the Examples in the Scholar's Arithmetic.* By the same Author. . . . . [Crown 8vo. 1*s.* 6*d.*

——— *The Scholar's Algebra.* An Introductory work on Algebra. By the same Author. . . . . [Crown 8vo. 2*s.* 6*d.*

Euclid Revised. Containing the essentials of the Elements of Plane Geometry as given by Euclid in his First Six Books. Edited by R. C. J. NIXON, M.A. *Second Edition.* . . . . [Crown 8vo. 6*s.*

May likewise be had in parts as follows :—

Book I, 1*s.*   Books I, II, 1*s.* 6*d.*   Books I-IV, 3*s.*   Books V-VI, 3*s.*

——— *Geometry in Space.* Containing parts of Euclid's Eleventh and Twelfth Books. By the same Editor. . . . [Crown 8vo. 3*s.* 6*d.*

Fisher. *Class-Book of Chemistry.* By W. W. FISHER, M.A., F.C.S. [Crown 8vo. 4*s.* 6*d.*

Harcourt and Madan. *Exercises in Practical Chemistry.* Vol. I. *Elementary Exercises.* By A. G. VERNON HARCOURT, M.A., and H. G. MADAN, M.A. *Fourth Edition.* Revised by H. G. MADAN, M.A. [Crown 8vo. 10*s.* 6*d.*

Williamson. *Chemistry for Students.* By A. W. WILLIAMSON, Phil. Doc., F.R.S., Professor of Chemistry, University College, London. *A New Edition with Solutions.* . . . . . . : [Extra fcap. 8vo. 8*s.* 6*d.*

Hullah.   *The Cultivation of the Speaking Voice.*   By JOHN HULLAH.
[Extra fcap. 8vo. 2s. 6d.

Maclaren.   *A System of Physical Education: Theoretical and Practical.*   With 346 Illustrations drawn by A. MACDONALD, of the Oxford School of Art.   By ARCHIBALD MACLAREN, the Gymnasium, Oxford.   *Second Edition.*
[Extra fcap. 8vo. 7s. 6d.

Troutbeck and Dale.   *A Music Primer for Schools.*   By J. TROUTBECK, D.D., formerly Music Master in Westminster School, and R. F. DALE, M.A., B. Mus., late Assistant Master in Westminster School. [Crown 8vo. 1s. 6d.

Tyrwhitt.   *A Handbook of Pictorial Art.*   By R. St. J. TYRWHITT, M.A.   With coloured Illustrations, Photographs, and a chapter on Perspective, by A. MACDONALD.   *Second Edition.*   .   .   .   [8vo. *half morocco,* 18s.

Upcott.   *An Introduction to Greek Sculpture.*   By L. E. UPCOTT, M.A.   .   .   .   .   [Crown 8vo. 4s. 6d.

Student's Handbook to the University and Colleges of Oxford. *Tenth Edition.*   .   .   .   .   [Crown 8vo. 2s. 6d.

Helps to the Study of the Bible, taken from the *Oxford Bible for Teachers,* comprising Summaries of the several Books, with copious Explanatory Notes and Tables illustrative of Scripture History and the Characteristics of Bible Lands ; with a complete Index of Subjects, a Concordance, a Dictionary of Proper Names, and a series of Maps.   .   .   .   [Crown 8vo. 3s. 6d.

*** A READING ROOM *has been opened at the* CLARENDON PRESS WAREHOUSE, AMEN CORNER, *where visitors will find every facility for examining old and new works issued from the Press, and for consulting all official publications.*

☞ *All communications on Literary Matters and suggestions of new Books or new Editions, should be addressed to*

THE SECRETARY TO THE DELEGATES,

CLARENDON PRESS,

OXFORD.

𝕷𝖔𝖓𝖉𝖔𝖓: HENRY FROWDE,
OXFORD UNIVERSITY PRESS WAREHOUSE, AMEN CORNER.
𝕰𝖉𝖎𝖓𝖇𝖚𝖗𝖌𝖍: 12 FREDERICK STREET.
𝕺𝖝𝖋𝖔𝖗𝖉: CLARENDON PRESS DEPOSITORY,
116 HIGH STREET.